LE PROMENEUR D'AFRIQUE

DU MÊME AUTEUR

Poésie

Odes pour un matin public, Trois-Rivières, Éditions des Forges, 1972.

La traversée du réel précédée de *Dorénavant la poésie*, Montréal, Éditions de l'Hexagone, 1977.

Écrire ou la Disparition, Montréal, Éditions de l'Hexagone, 1982.

Poèmes de l'Infime amour, Montréal, Éditions du Noroît, 1997.

Si nos âmes agonisent, Montréal, Éditions du Noroît, 2003.

Le livre de l'échoppe, Montréal, Éditions du Noroît, 2004.

La fatigue et la cendre, Montréal, Éditions du Noroît, (à paraître en 2007).

Essais

La science politique au Québec, Montréal, Éditions de l'Hexagone, 1982.

Les enjeux économiques et politiques de l'innovation, Québec, Presses de l'Université du Québec, 1990.

MICHEL **LECLERC**

LE PROMENEUR D'AFRIQUE

am**É**rica

HURTUBISE

HMH

Catalogage avant publication de Bibliothèque et Archives Canada

Leclerc, Michel

Le promeneur d'Afrique

(AmÉrica)

ISBN-13 : 978-2-89428-944-0
ISBN-10 : 2-89428-944-8

I. Titre. II. Collection : AmÉrica (Montréal, Québec)

PS8573.E34P76 2006   C843'.54   C2006-941442-4
PS9573.E34P76 2006

Les Éditions Hurtubise HMH bénéficient du soutien financier des institutions suivantes pour leurs activités d'édition :

- Conseil des Arts du Canada
- Gouvernement du Canada par l'entremise du Programme d'aide au développement de l'industrie de l'édition (PADIÉ)
- Société de développement des entreprises culturelles du Québec (SODEC)
- Programme de crédit d'impôt pour l'édition de livres du gouvernement du Québec

Illustration de la couverture : Max Yves Brandily et Sarah Lazarevic
(illustration créée pour l'Agenda 2006 de l'OIF, Année Senghor)
Maquette de la couverture : Olivier Lasser
Maquette intérieure : Lucie Coulombe
Mise en page : Martel en-tête

Copyright © 2006, Éditions Hurtubise HMH ltée

Éditions Hurtubise HMH ltée   Librairie du Québec / DNM
1815, avenue De Lorimier   30, rue Gay-Lussac
Montréal (Québec) H2K 3W6   75005 Paris FRANCE
                                    www.librairieduquebec.fr

ISBN-13 : 978-2-89428-944-0
ISBN-10 : 2-89428-944-8

Dépôt légal : 3e trimestre 2006
1re réimpression : janvier 2007
Bibliothèque et Archives nationales du Québec
Bibliothèque et Archives du Canada

Imprimé au Canada
www.hurtubisehmh.com

À Michèle

«Donc, je marche vivant dans mon rêve étoilé.»

Victor Hugo, *Ruy Blas*

«L'homme voudrait être égoïste et ne peut pas. C'est le caractère le plus frappant de sa misère et la source de sa grandeur.»

Simone Weil,
La Pesanteur et la Grâce

L'APPEL

1

Depuis hier, j'ai une fille au Sahel.

Voilà vingt-quatre heures que Charles V. se répète cette phrase inlassablement. Les mots ne venant pas à sa bouche, on dirait qu'il se morfond dans une rumination muette.

Le voyageur ordinaire ramène de l'Afrique le paludisme, la fièvre jaune ou bien encore la bilharziose. Parfois, comme une punition exorbitante, l'Afrique lui fait don du sida. Charles V. a donc fini par conclure qu'il a de la chance : il a déposé ses gènes dans le ventre d'une déesse noire et, aujourd'hui, au lieu de gémir dans des convulsions mortifères, il s'éternise au Burkina Faso.

Charles V. a sous les yeux une lettre oblitérée à Ouagadougou reçue la veille. Il n'aimait pas l'Afrique, voilà qu'elle se venge.

« *Tu étais venu dans mon pays pour "secourir l'Afrique", disais-tu. C'est ainsi qu'on voit le monde à vingt ans : s'il vous résiste, c'est qu'il est malade. Tu te croyais la "force nourricière" capable de redonner espoir à un pays déshérité. Réjouis-toi, il y a dix ans maintenant, tu as donné à ce pays une fille de plus, Yéri. Elle désire aujourd'hui connaître son "père blanc d'Amérique". Je m'y suis d'abord opposée. De guerre lasse, j'ai fini par me résigner à cette lubie enfantine. Ta fille t'attend au Sahel. Je ne peux en dire autant. Fatou Zambendé. »*

Charles V. n'aimait pas l'Afrique, mais l'idée de changer le monde l'habitait depuis l'enfance. Un rêve ancien, une sorte d'obsession originelle. Malheureusement, une défectuosité du cœur engendrait chez lui des élans d'humanité qui ne s'offraient qu'en pièces détachées et par petits morceaux. Un obscur programme de l'UNICEF l'avait conduit onze ans plus tôt au Burkina Faso, pays dépositaire de son zèle humanitaire.

Au retour, pendant quelque temps, s'imaginant chevaucher les rêves de Kessel ou d'Hemingway, il parla avec émotion de son «odyssée africaine». Il avait passé trois mois dans le bunker climatisé de l'Union économique et monétaire ouest-africaine à Ouagadougou, à farfouiller dans des rapports du PNUD et à aligner des statistiques consolatrices sur la faim en région subsaharienne. Mais, soyons juste, les jours ne s'écoulaient pas toujours ainsi dans cette monotonie cléricale.

Pendant deux semaines, Charles V. avait travaillé à Zogoré, dans la province de Yatenga, au nord du pays. Là, autour d'un puits à construire, il avait laissé libre cours à son ambition messianique, du moins jusqu'au troisième jour, alors que les prodromes de la dysenterie l'immobilisèrent sur sa paillasse, au fond d'une case sans lumière. Qu'importe, il avait risqué sa vie pour l'Afrique, tout en traînant à ses semelles une hantise prégnante de l'inconnu. Il en revint pourtant avec le sentiment d'avoir secoué le monde. Ainsi, pour la première fois de sa vie, Charles V. prit l'habitude de s'abriter sous la réconfortante tutelle de l'illusion.

Depuis cette époque, il n'était jamais retourné sur ce continent entraperçu et si vite quitté. Parfois, il cherchait à retrouver en lui l'odeur des manguiers et des tamariniers, empreinte chétive d'une Afrique oubliée. Au lieu de cette réminiscence odorante, seule la mémoire de la poussière des chemins de latérite remontait à son cerveau. Il en éprouva à l'égard de l'Afrique un ressentiment de plus.

L'Afrique avait laissé en lui des souvenirs fugaces mais amers.

Le souvenir de Fatou s'était évaporé comme le reste, telle une lampe qui s'éteint doucement. Charles V. avait la mémoire ombrageuse de celui qui a décidé d'oublier. Parfois, pourtant, il lui semblait revoir en songe son beau visage mordoré, ses yeux rougis à la fin du jour, son sourire ailé où se dessinait par instant la rêverie, ses bras d'alouette, ses longues nattes chatoyantes et comme traversées d'une lumière venue du haut des arbres. Il fermait les yeux et, soudain, les seins de Fatou, magiquement rescapés de l'oubli, traçaient des ombres sous ses paupières, rondes et lisses comme des ogives luisant sous la sueur. Le reste, tout le reste, la réalité rugueuse et charnelle de l'Afrique, s'était évanoui au fil du temps.

Fatou avait donné à son périple africain une couleur souriante. Pas plus que l'Afrique, il ne l'avait aimée. Dans la fournaise africaine, elle n'avait été qu'une oasis enchanteresse, comme lui desséchée.

2

Avant que Fatou ne lui apparaisse, aucune femme africaine n'avait abordé Charles V. avec cette impétueuse familiarité:

— Alors, le tiers-monde n'est pas trop effrayant?

Les autres femmes burkinabées l'observaient du coin de l'œil, à distance respectueuse, comme si sa mine pâlichonne, qui résistait mystérieusement aux pires agressions du soleil, faisait se dresser autour de lui un invisible cercle de suspicion. On l'ignorait et il s'en accommodait avec un stoïcisme paisible.

Charles V. était au Burkina Faso depuis dix jours à peine lorsque Fatou l'interpella pour la première fois.

Jusqu'à cet instant, il n'avait jamais pris conscience que l'Afrique et le tiers-monde puissent appartenir à la même réalité. Cette notion lui paraissait si abstraite, si violemment indépendante de la réalité visible, celle qu'il croisait chaque jour dans les rues de Ouagadougou à travers mille visages, qu'il n'en avait jamais conçu l'idée.

— Non, ça va.

Cette humble réponse l'avait rendu honteux, mais Fatou était demeurée impassible, debout derrière lui, jetant une ombre voluptueuse sur ses épaules. Elle lui apprit qu'elle travaillait au bureau L-33, dans l'aile voisine, là où logeait le service des comptes à recevoir.

Elle fit une pause et, avec une drôle de mimique, l'informa qu'elle était mossie.

— Je viens de la Volta blanche. De Ouahigouya.

Ce jour-là, il ne sut rien de plus de Fatou. Elle s'éloigna à grands pas secs. De son pagne émanait un parfum d'orgueil dans lequel il crut déceler les signes confus d'une promesse.

Elle réapparut cinq jours plus tard, en même temps que la pluie, une pluie si fine qu'il crut tout d'abord qu'un vol d'oiseaux avait rafraîchi le ciel. Il marchait en direction de son hôtel, le Silmandé, dont il partageait les charmes luxuriants avec un groupe de coopérants français. Il offrit à Fatou de s'abriter sous son parapluie. D'un signe de tête, elle accepta. Ils prirent un verre au bar de l'hôtel. Elle lui confia qu'elle s'était enfuie deux ans plus tôt de Ouahigouya pour échapper aux pressions de sa famille.

— Ils ont essayé de voler mon esprit pour que je me marie.

Dans la pénombre du bar, son regard se froissa. Il vit qu'elle était belle, belle comme un legs du jour au crépuscule.

Pendant quelques semaines, elle avait erré à Koudougou, en pays moogo. Un marchand de Ouagadougou, fasciné par sa beauté, l'avait emmenée avec lui dans la capitale. Il l'avait engagée dans son commerce où, un soir, pour se dédommager de sa peine, il avait tenté de la violer. Armée d'un long couteau rouillé, elle l'avait menacé d'immoler son sexe. Il n'avait pas eu la force de soupeser cette hypothèse et s'était évanoui. Elle le quitta donc et trouva aussitôt refuge chez un prêtre catholique. L'attirance de ce dernier pour les jeunes garçons le rendait inoffensif. Aussi, pour le remercier de son hospitalité, accepta-t-elle d'enseigner quelque temps le français aux jeunes filles du lycée de Kologh-Naaba à qui le religieux donnait chaque semaine des leçons de catéchisme. Elle y resta un an, nourrie, mais sans salaire. Une fois de plus, sa beauté fit basculer son destin, du moins si l'on peut appeler ainsi les aléas d'une vie gouvernée par la volonté d'autrui.

Le père d'une fillette l'avait aperçue un jour, traversant la cour du lycée. Depuis lors, il n'avait cessé de vanter à tous sa grâce et son éclat. Puisqu'elle savait lire, il avait fini par lui proposer un poste au service des comptes à recevoir de l'Union économique et monétaire ouest-africaine où il régnait.

Elle ne dit rien de plus ce soir-là, sinon pour réclamer un deuxième verre de vodka. Ensuite, Fatou devint l'amante de Charles V. À partir de ce jour, au siège de l'UEMOA, ils s'évitèrent avec une application méticuleuse, lui, renonçant à l'ascenseur pour ne pas la croiser, elle, grimpant au sixième étage pour photocopier les bordereaux de comptes, prétextant la complexité de l'appareil du troisième pour justifier ses soudaines ascensions pédestres. Le soir, au Silmandé, ils se jetaient dans les bras l'un de l'autre et faisaient l'amour avec une gourmandise perverse. Cela dura deux mois, le temps que leurs corps se vident de tous leurs secrets.

Le matin du retour de Charles V. à Montréal, Fatou avait dessiné sur chacun de ses seins, avec une pâte de henné, un caméléon dont la langue traçait de fins serpentins autour des mamelons charbonneux. Chacun était censé les représenter. À sa demande, il lécha les délicats reptiles qui disparurent peu à peu sous sa langue.

— Tu pourras m'oublier maintenant que nous n'avons plus de langue.

Elle se tenait à quelques pas de Charles V. Dans ses yeux, soudain plus petits et apitoyés, il vit se faufiler une minuscule rayure. Elle sourit, avec un air de résignation qui donnait à son visage des contours de lune. Charles V. se demanda comment il pourrait chasser le souvenir de son corps. Il ignorait encore que son cœur était aussi vide que ces crustacés qu'il s'amusait, enfant, à ramasser sur la plage.

Elle quitta la chambre la première et dit d'une voix calme :

— C'est dommage que tu n'aimes pas l'Afrique.

Assis sur le lit, Charles V. fouilla en lui-même un long moment et, malgré ses efforts, n'y trouva rien.

3

Charles V. est assis raide, depuis une heure, sur un banc. Il a la tête ailleurs, comme un ballon flottant au bout de sa ficelle. L'aéroport grouille de sa faune habituelle. Il s'est résolu sans entrain à partir pour l'Afrique.

« J'ai une fille au Sahel. »

Il n'en revient pas encore, une semaine après avoir reçu la lettre de Fatou. S'il n'aime pas l'Afrique, il éprouve à l'égard des enfants un désagrément instinctif. Lucie, sa femme, après bien des années, a fini par renoncer à le convaincre d'avoir un enfant. Charles V. lui a dissimulé le motif réel de son voyage.

— Une affaire urgente pour OXFAM, a-t-il fini par marmonner de mauvaise grâce.

Ce mensonge l'accable un peu.

Dans l'avion, en route pour Paris, il essaie d'imaginer le visage de sa fille.

— Ma fille, soupire-t-il du coin des lèvres.

Ces mots le déconcertent. La chimie des neutrinos lui paraît moins extravagante que ce concept étriqué. Heureusement, sur l'écran de la cabine, un film vient à bout de sa rêverie morose. Et puis, il aura bien le temps de ruminer sur cette incroyable réalité à l'aéroport de Roissy, où il fera escale neuf heures durant, avant de s'envoler enfin vers Ouagadougou.

C'est aujourd'hui le vol inaugural d'Air Burkina. On a remis des colliers de fleurs aux passagers, comme s'ils s'apprêtaient à s'envoler pour Honolulu. Autour de lui s'entasse la foule sévère des diplomates en route vers le Xe Sommet de la Francophonie. L'Afrique, décidément, a bien de la chance.

Charles V. songe soudain qu'il a négligé de réserver une chambre. Trouvera-t-il un lit dans cette ville envahie par une horde désordonnée venue d'ailleurs?

Quelques heures plus tard, ses pieds foulent le tarmac de l'aéroport de Ouagadougou. Charles V. s'imprègne à grandes bouffées de l'odeur de l'Afrique, une odeur de maïs grillé, quelque chose d'âpre et d'inachevé, chargé d'un vent lointain.

Fatou, dans un post-scriptum à sa lettre, lui a suggéré de descendre à l'hôtel Palm Beach, au centre de Ouagadougou. Il constate avec inquiétude que le ballet des diplomates hélant les taxis semble converger vers cet hôtel. Un conseiller technique du Quai d'Orsay, résidant au Palm Beach, l'invite à partager sa voiture. Le long de la route qui sépare l'aéroport de l'hôtel, des soldats armés de mitraillettes s'alignent en rangs symétriques et, aux carrefours, des jeeps surmontées de canons-mitrailleurs de

8o mm font une ronde menaçante. Étrangement, ce théâtre guerrier le réconforte et l'écrasante chaleur, bien qu'on soit en novembre, n'a pas d'emprise sur son humeur indolente.

Le hall du Palm Beach vrombit d'une incroyable cohue. Le maire de Paris, accompagné d'un cortège bourdonnant, vient tout juste de faire son entrée, aussitôt suivi du maire de Ouagadougou accouru pour l'accueillir, tel Stanley aux devants de Livingstone. Charles V. est refoulé au fond de la salle, dos au mur, par cette transhumance officielle à laquelle se greffe tout à coup la meute des journalistes. Au bout d'un moment, le voilà au comptoir de la réception. Il fait mine de s'étonner lorsqu'on l'informe qu'il n'y a aucune chambre de libre. L'Afrique ne déborde-t-elle pas toujours de sa cargaison humaine ? songe-t-il avec une apaisante sagesse.

— Il y a l'Annexe, si vous voulez.

À quelques rues de là, en effet, se dresse une aile ancienne du Palm Beach, à l'endroit même où s'élevait jadis l'hôtel, peu avant sa migration sur l'avenue Kwamé N'Krumah. Charles V. pousse sa lourde valise jusqu'à l'Annexe, en pinçant son nez de dégoût lorsque ses pas foulent les dalles de ciment posées au-dessus des caniveaux. Le ciel est jaune de poussière et traversé du vol ombreux des vautours. La chaleur excite en lui une étrange euphorie. Sa chambre, au contraire, baigne dans une froidure sèche. Il écoute rêveusement le ronflement irrégulier du climatiseur. Derrière la fenêtre,

les pierres grises de la mosquée centrale de Ouagadougou escaladent le ciel. Il regarde longuement
autour de lui, essaie de reconnaître l'Afrique. Il
devine qu'aujourd'hui, pas plus qu'il y a dix ans,
l'Afrique n'advient à celui qui la cherche en lui-
même.

Trois coups à la porte le sortent brusquement
de sa songerie. Un garçon timide et pressé lui tend
un billet laissé à son intention à la réception de
l'hôtel. Sur le carton, glissé à l'intérieur de l'enveloppe, il reconnaît aussitôt le gribouillis dansant de
Fatou.

Il lit : « Ta fille t'attend à Gorom-Gorom. Ne tarde
pas trop. Fatou. »

C'est ainsi que Charles V. découvre qu'il n'échap-
pera ni au Sahel ni à son passé.

4

Charles V. n'aime pas le Sahel. Certes, il ne s'est jamais rendu dans cette étendue aride et il serait bien en peine, sur une carte, d'en localiser la position exacte. Peu importe, Gorom-Gorom n'est qu'un autre visage de cette Afrique pleine de sortilèges dont l'image l'accable.

À contrecœur, il se met aussitôt à la recherche d'un guide. On ne s'aventure pas au Sahel muni de sa seule raison. On lui a parlé de Mustapha, un jeune Targui de la tribu des Oudalan. Mustapha parle d'une voix basse, dans une sorte de pépiement doux. Il semble auréolé d'une solitude protectrice qu'il traîne avec lui telle une parure. Ses yeux ont toujours l'air réjoui sous l'ombre du chèche indigo qui enferme le visage dans le rectangle d'une étroite meurtrière. Charles V. parle à ce nez et à ces yeux de son voyage au Sahel.

— C'est loin? demande-t-il.

La bouche, dissimulée sous les plis du chèche, répond «oui».

— Ce sera long alors?

— Oui, fait à nouveau la bouche.

Au bout d'un moment, Charles V. s'avise que Mustapha ne mesure pas la distance qui sépare un point d'un autre en termes d'espace et de durée. À ses yeux, le voyage est une échappée, un flux vital qui conduit le voyageur là où il doit aller. Charles V. doit aller au Sahel, il lui faut donc se mettre en mouvement.

Le lendemain matin, au volant d'une jeep empoussiérée, Mustapha l'emporte vers Gorom-Gorom. La jeep se faufile d'abord avec lenteur dans des ruelles enclavées, bordées d'échoppes et de bicoques à brochettes et puis, après quelques minutes, une fois atteints les faubourgs de Ouagadougou, elle emprunte une route goudronnée qui rejoint très vite la savane. Ils rencontrent ensuite une vaste plaine couverte de broussailles, de massifs d'acacias, de buissons bas de balanites et de jujubiers serrés en maquis. La jeep, parfois, roule à l'ombre des maigres rameaux de quelques baobabs esseulés, de part et d'autre de la route.

À Zinarié, une milice a dressé un barrage. Charles V. s'inquiète, sa sérénité le quitte, il imagine le pire : la stridente détonation d'un fusil, la giration d'un coupe-coupe visant sa jugulaire, son corps ensanglanté s'étirant telle une lézarde dans la poussière brûlante.

— Ce n'est rien, toubab, laisse tomber Mustapha.

Charles V. sent son pouls vibrer à ses poignets.

Un militaire mâchant de l'attiéké demande à voir leurs papiers. Il s'attarde longuement sur le passeport de Charles V., comme s'il expertisait un grimoire ancien. Il revient vers Mustapha en traînant les pieds et, avec un clin d'œil, lance :

— *Laafi balla.*

Après que Mustapha a conclu qu'Allah est grand, Charles V. comprend que tout va bien. Ils roulent encore un moment jusqu'à Yalgo où, dans un maquis ombragé, ils mangent quelques galettes, du lait caillé et de l'alloco frit.

Quelques heures plus tard, une fois qu'ils ont dépassé les collines de Dori, Mustapha déclare, de sa voix douce, toujours clémente :

— On bivouaque ici.

Charles V., gravement, pose son regard sur les dunes épineuses qui bordent l'horizon. Il soupçonne qu'au-delà de cette mince frontière de lumière assombrie, il pourra demain débusquer l'imminence de son être.

Il serait fort incapable d'en expliquer la raison, mais il sourit alors pour la première fois.

5

Des chèvres broutant l'herbe raide l'ont réveillé. À travers la moustiquaire, Charles V. aperçoit Mustapha en prière, le visage au ras du sol, prosterné à quelques pas d'un arbre à beurre, chuchotant des paroles mystérieuses à l'unisson de la savane.

Il regarde alentour et se retourne très longtemps.

— *Ni-yibéo*, toubab, dit-il, lorsqu'il lève les yeux vers Charles V.

— Bon matin à toi aussi, Mustapha.

Le jour maintenant prend forme autour d'eux. Sans se parler, ils boivent du thé et mangent des beignets de haricots. Peu après, ils partent, tout droit, sur la piste de Falagountou, à l'ombre de palmiers doums. Bientôt, ils traversent le lit d'un oued asséché, la route zigzague, la savane tournoie sous le soleil, comme si l'Afrique s'était mise à valser. Charles V. fixe un point à l'horizon. Enveloppée dans une longue abayas noire, une femme avance lentement, escortée d'un âne. Un peu plus loin, derrière elle, une femme peule fouette son baudet chargé de canaris.

— Gorom-Gorom, dit simplement Mustapha, d'une voix subitement plus aiguë.

La ville est là, flottant dans le désert, à portée de son regard.

Mustapha gare la voiture en face du marché aux bestiaux. D'un doigt, il désigne une maison basse en banco, entourée d'une véranda.

— Nous dormirons ici, chez mon cousin Salaka.

Pendant plusieurs jours, Charles V. attend un signe de Fatou. Il déambule sans but dans l'enceinte intérieure de la maison, emprunte un étroit passage débouchant sur une seconde cour, plus fraîche, fait demi-tour jusqu'à ce qu'un chemin balisé apparaisse sous ses pas. Il se dit qu'il piste l'inconnu dans la poussière africaine. Parfois, quand l'ennui lui pèse trop, il trace sur le sol, à l'aide d'un bâton fourchu, les silhouettes d'animaux étranges. Des enfants en font aussitôt disparaître les traces en riant. D'autres fois encore, protégé par l'ombre d'une murette, il observe Mustapha, dont le regard orienté vers La Mecque convoque le silence et la paix.

Enfin, au dixième jour, alors qu'il regarde les longues machettes des bouchers débiter la carcasse d'un mouton, un vieil homme s'avance en sa direction, traînant avec lui un tabouret.

— C'est un Peul, toubab, chuchote Mustapha à l'oreille de Charles V., comme s'il voulait l'inviter au respect.

Il ressemble à un homme à qui rien ne pèse, soucieux seulement du passage du vent. Il fixe son regard sur Charles V., un regard de gisant, plein d'obscurité. Il reste un moment devant lui à le scruter, tripotant du bout des doigts un collier fait de griffes de pangolin, puis s'assoit sur son tabouret.

— C'est toi, le père de Yéri?

— C'est moi, répond Charles V., d'une voix agacée.

Le vieil homme ferme les yeux, balbutie quelques sons inaudibles, comme pour lui-même, et laisse tomber :

— Alors, tu dois me suivre.

Charles V., troublé, cherche le regard de Mustapha, dont le visage tout entier se referme sous le chèche.

— Où? finit par demander Charles V.

Le vieil homme, qui s'est maintenant levé, lui tourne le dos, son tabouret collé aux talons. Sans se retourner, et en ayant l'air de parler au vent, il se contente de dire :

— Qu'importe où tu me suivras, puisque tu dois t'y rendre.

C'est ainsi que Charles V., qui n'aime pas l'Afrique, s'apprête à plonger encore plus avant au cœur du Sahel.

6

Sur la piste gravillonnée qui mène à Aribinda, la jeep est freinée dans sa lente avancée par un troupeau de zébus que des nomades peuls ramènent à leur enclos. Pendant un long moment, les placides bovidés forment un barrage infranchissable sous une nuée de mouches. Mustapha, les mains sur le volant, jette un regard amène sur le troupeau têtu, pendant que Charles V. réprime son impatience avec une philosophie toute neuve.

— Personne ne peut dépasser son ombre en courant, se contente de dire Mustapha.

Dès l'aube, la jeep a pris la direction d'Aribinda, dans l'antichambre du Sahara, précédée par celle de l'émissaire de Fatou. Jamais le vieil homme n'a indiqué que la courte caravane filait vers cette bourgade isolée. En s'enfonçant dans ce paysage précambrien, foulé seulement par quelques peuplades haoussa et touareg, Mustapha a vite deviné que cette destination était la seule possible.

Charles V. cherche au loin, dans ce paysage trop à vif, quelques silhouettes humaines. Son regard ne rencontre que l'étrange : des gommiers, quelques lézards engourdis sur un rocher, un couple de calaos, des cordons dunaires, des clôtures de kades qui cadastrent la savane, un troupeau de méharis qui paît à l'ombre d'un fromager géant.

«L'Afrique est un songe», médite-t-il.

Sa fille habite au cœur d'une énigme de pierre. *Ma fille*, décidément, ces mots lui paraissent bien étranges, plus encore que l'Afrique. Il ferme à demi les yeux, cherche encore une fois à composer en lui le visage de cette enfant tombée du ciel. Il attend que l'ovale noir d'une figure apparaisse comme une lune au-dessus du désert. Ce visage impossible, il ne peut en tracer les traits. L'offrande ne vient pas, malgré sa supplication invisible.

Au bout de la piste, il aperçoit soudain les hauts dômes de granite d'Aribinda. Devant, la jeep du vieil homme fonce dans un nuage de poussière jusqu'aux portes du bourg.

Au bout de cette piste poussiéreuse entourée d'un paysage immuable l'attend sa fille, comme un songe du Sahel.

7

— Lève-toi, toubab, le chef t'attend.

Le magnifique turban allacho qu'il a enroulé autour de sa tête s'incline un peu au moment où Mustapha s'accroupit pour pénétrer dans la case de Charles V. Assis sur sa natte, ce dernier se frotte les yeux, encore sous le choc de ce réveil soudain. Il rejoint Mustapha dans la cour commune de la concession. Aussitôt, une douzaine d'enfants s'agglutinent autour de lui en riant et répètent en chœur :

— *Toubab, toubab.*

Mustapha les chasse en agitant son grand boubou.

— Quel chef ? demande Charles V. Moi, je veux voir Fatou.

— Tu dois d'abord rencontrer le yao, le chef du village.

Madega, leur hôte, les reçoit quelques instants plus tard dans sa maison. Ils empruntent un long réseau de couloirs étroits, jusqu'à ce qu'ils franchissent une haute porte ouvragée gardée par un cerbère renflé. Ils avancent d'un pas prudent dans une vaste pièce circulaire et à peine éclairée. Le vieux chef mossi est assis sur une natte, au centre de la pièce. D'un geste discret, il les invite à s'asseoir. Une femme, en retrait derrière lui depuis un moment, s'éclipse subrepticement. Le vieux chef, immobile comme un baobab, regarde Charles V. d'un air soupçonneux. On pourrait croire qu'il a cessé de respirer tant son visage reste impassible, mais, contre toute attente, sa bouche s'anime.

— Que cherchez-vous ici ?

Subjugué d'être là où il ne devrait pas être, Charles V. s'ébroue d'impatience et finit par répondre de mauvaise grâce.

— Fatou Zambendé m'a fixé rendez-vous à Gorom-Gorom. Et je me retrouve ici.

Le chef Madega se pelotonne dans son boubou avec une lenteur infinie qui étonne Charles V.

— Fatou est sous ma protection. Que lui voulez-vous ?

Le visage de Charles V. s'adoucit un peu, mais sans qu'y disparaisse tout à fait un air bougon.

— Rien. Je suis venu voir ma fille.

— Yéri est votre fille ?

— Oui.

Le chef Madega porte un bol d'eau à ses lèvres. Sa main tremble un peu, comme au bout d'un tronc d'arbre une branche frileuse. Il se met à bouger dans un mouvement à peine perceptible et puis sa voix, au travers d'un hoquet, se met à parler pendant que ses yeux toisent Charles V.

— Pourquoi voulez-vous la voir?

— Je veux la voir à sa demande.

— À sa demande?

Charles V. tire de sa poche la lettre de Fatou. Le vieil homme la saisit au vol, mais, curieusement, ne la porte pas à son regard.

— Dans ce cas, vous la verrez demain, dit-il en laissant tomber au sol la feuille chiffonnée.

— Pourquoi demain?

— Vous devez d'abord rencontrer Fatou.

Madega lève la main cérémonieusement en direction du cerbère qui invite aussitôt les deux hommes à le suivre. Avant de quitter la pièce, dans un silence respectueux, Mustapha salue le chef mossi dont la tête pivote à demi en guise de réponse. À rebours cette fois, ils empruntent le même chemin, qui les conduit dans une autre cour, plus vaste que la précédente, et ceinturée d'un mur à demi immergé sous les buissons. Dans un angle de la cour, une femme, penchée au-dessus de sa vannerie, comme une brodeuse de Vermeer, leur tourne le dos. Quelqu'un leur fait signe d'aller vers elle. Quand Charles V. n'est plus qu'à un pas de la femme, elle se retourne vers lui, la figure traversée d'un large sourire.

— Je me demandais si tu finirais par arriver.

Sous ce crâne rasé, qui a chassé les tresses de jadis, Charles V. a du mal à reconnaître les traits de Fatou. La voix, tamisée de brume et teintée d'ironie, est pourtant bien celle de Fatou. Désormais débarrassé du voile des cheveux, son visage se fond dans la lumière ensoleillée qui en exalte la lisse perfection.

Dans le but d'échapper à son ancien mari, Fatou a trouvé refuge depuis un mois chez le chef Madega, son oncle. Elle y passe des jours tranquilles, en compagnie de sa fille, sous le regard bienveillant du vieux chef mossi qui s'empresse de combler tous les désirs de Yéri. Ici, elle se sent en paix, protégée de toutes les agressions extérieures. Personne au village, elle le sait, n'oserait s'opposer à la volonté de Madega dont l'autorité s'étend sur toute chose dans l'Aribinda. Les animaux eux-mêmes, répète-t-on dans ce hameau, ne respirent que par la volonté de Madega.

Depuis la naissance de Yéri, Fatou avait vécu à Ouagadougou. Elle occupa tant d'emplois d'infortune qu'elle en conçut une haine tenace de l'inutile. Un jour, miraculeusement, elle devint chauffeuse pour un ministre qui, désireux de mettre à profit son éducation, l'employa longtemps dans son cabinet. N'ayant aucune tâche définie, elle était rapidement devenue indispensable. Désormais gratifiée d'une certaine aisance, c'est avec fierté qu'elle inscrivit sa fille au lycée privé de Kologh-Naaba. Le destin, sous les traits d'un mari alcoolique et violent, l'avait curieusement entraînée sur ce chemin de consolation.

Sans pouvoir en fournir la raison, Charles V. trépigne maintenant à l'idée de rencontrer sa fille.

Après tout, il a bravé le ciel, franchi la savane, rejoint le désert, presque adoubé l'Afrique; n'est-il pas temps de découvrir l'objet de cette folle aventure?

Fatou désigne un point au-delà du mur ajouré:

— Tu vois cet arbre. Sois-y demain, à midi. Yéri t'y rejoindra.

Charles V. fixe son regard sur le jujubier dont il n'aperçoit que la crête épineuse. Sa fille naîtra sous un arbre venu de Chine, songe-t-il, avec un petit sourire.

8

Le vent est doux sous le jujubier. Charles V. regarde
son ombre tortueuse frissonner sur le sol. Depuis de
longues minutes, il est assis sur son tronc d'arbre,
distant d'un coude à peine d'une cuvette d'eau sale
où grouille un étrange insectarium. Il s'endormirait
là, comme un fruit tombé, si la douleur ne commençait déjà à engourdir ses membres. Il secoue
ses mollets dans la poussière. Il est arrivé plus tôt
que l'heure fixée par Fatou, réveillé bien avant
l'aube par le hurlement d'une hyène. Un simple
message l'a conduit ici, en Afrique, sous un arbre
chinois qui monte la garde au Sahel. Il médite sur
cette folie qui pousse un homme à s'égarer au bout
du monde à la rencontre des erreurs du passé.

Il scrute l'immensité devant lui. Des enfants sont
assis en demi-lune autour d'un manguier ; un chien
au ventre maigre dort à l'ombre ; un peu à l'écart,
une jeune fille vanne le mil sans dire un mot ;
une femme plus âgée, penchée sur sa calebasse,
mange sa pâte de to en suçant son pouce sur lequel
coule une sauce de gombo ; un peu plus loin, deux
hommes, accroupis sur une natte, réparent une daba

alourdie de mottes de terre séchée. L'Afrique ordinaire, médite Charles V., celle d'hier et celle du temps
présent, emmêlées comme du riz dans un bol.

Charles V. a enroulé comme une meringue un
chèche blanc autour de sa tête et enfilé une longue
gandoura de la même couleur. Il marche d'un mouvement cadencé, les yeux soudain plus effilés par
le soleil, fardé de sa pâleur inaltérable. Sous l'accoutrement emprunté du Targui, qui pourrait croire
que cet homme peut défier le désert?

Après un moment, il observe distraitement un
troupeau de chèvres qui commence à s'agiter autour
de sa pâture. Bientôt s'en détache, talonnée par un
chat, une silhouette qui avance en bousculant les
gravillons. Au bout d'une minute, une petite chèvre
toute noire, enveloppée d'un uniforme bleu d'écolière
et escortée d'une ombre dansante, se tient face à
Charles V. en esquissant une courbette maladroite.

— Bonjour, monsieur, on m'a dit que tu es mon
père.

S'il appréhendait ce premier face à face, Charles
V. n'avait jamais cherché à en imaginer la forme.
Malhabile de soi, il s'abandonnerait comme à son
habitude à l'imprévu de cette rencontre, trouverait
en lui l'attitude appropriée. À cet instant pourtant,
sous cet arbre esseulé, il se sent égaré en lui-même.
Pendant une seconde, son regard vacille.

Il penche la tête vers Yéri, avec une douceur
confite.

— C'est bien moi. Je m'appelle Charles.

Il regarde à nouveau cette petite chose, un peu plus intensément, en plissant les yeux, et découvre avec stupéfaction que sa peau est couleur de mélasse brûlée, une chair charbonneuse, plus sombre que toutes les nuits sahéliennes depuis le commencement du monde, une peau si noire qu'elle est sans méandres et que les grains paraissent s'y dissoudre sous la couche obscure des sédiments.

Son regard est happé soudain par ses yeux : une coulée phosphorescente s'enfonce de chaque côté du visage en y faisant surgir de minuscules étincelles de cobalt. Un corbeau dont les yeux seraient percés d'une étoile, et qui sourit d'un sourire à rafraîchir le désert.

— Tu n'es pas comme tout le monde, Yéri.

Il se reproche aussitôt cette entrée en matière idiote. Yéri, pourtant, ne s'en formalise pas.

— C'est parce que je suis une *nansaarkomba.*

— Une quoi ?

— Une *nansaarkomba,* c'est ainsi que les Mossis surnomment l'enfant d'un Blanc.

— Ah ! Je l'ignorais. Pourtant, tu es bien noire. Pas vraiment comme moi.

D'un doigt, il pointe son visage sur lequel le lavis du bronzage n'arrive jamais à rembrunir ses traits. Yéri le fixe d'un air intrigué, plisse les paupières, réfléchit une seconde puis répond avec une intonation enjouée :

— Tu es si blanc, plus blanc que les Blancs qui passent par ici, tu ressembles à une noix de coco. On dirait que tu as saupoudré ton visage de gros sel. Es-tu malade?

Un instant déconcerté, Charles V. fait mine de réfléchir en jetant un coup d'œil sur l'attelage de zébus que de jeunes garçons conduisent au-delà des taillis.

— J'ai bien peur que oui et ça ne s'arrange pas. Plus je vieillis, plus je deviens transparent. Je suis à la veille de me transformer en fantôme.

Yéri se met à rire comme une petite hyène espiègle qui vient de jouer un mauvais tour. D'un hochement de tête silencieux, elle chasse quelques mouches et regarde ses pieds, soudain gênée.

— Fatou m'a dit que tu voulais me voir, ajoute Charles V. d'un ton qu'il veut naturel, tout en se laissant glisser dans l'herbe rase.

— Hum! fait-elle en s'assoyant à son tour. Son visage, qu'elle rafraîchit d'un gracieux mouvement des mains, reste souriant, mais animé d'un imperceptible déchirement.

— Tu avais bien une raison pour me faire venir d'aussi loin?

Elle sourit sous le soleil et dans ses yeux une coulée d'ambre se met à briller. On dirait qu'elle est à deux doigts d'échapper à une douce rêverie.

— Je pensais que tu pourrais habiter ici.

Charles V. est si stupéfait de la proposition qu'il cesse un instant de respirer, affichant une mine pincée qui jette des rougeurs imprévues sur ses joues.

— Dans l'Aribinda?

— C'est ici qu'on vit, nous.

— C'est impossible, Yéri. Ma vie est chez moi, très loin d'ici. Et puis, je ne suis pas fait pour le soleil du Sahel. Regarde mon visage de Pierrot, je carboniserais.

— Tu pourrais mettre de la poudre de néré sur ton visage pour te protéger du soleil, notre griot le fait parfois. C'est drôle, avec sa face toute jaune, il ressemble à un agame.

— Tu voudrais que je ressemble, moi aussi, à un lézard en rut? Je ne suis pas un griot, Yéri, je ne connais aucun de ses secrets.

— J'aurais bien aimé avoir un père à tête de lézard.

— Mais je peux venir te rendre visite chaque année si tu veux, l'été et l'hiver, quelques semaines chaque fois.

Elle croise les bras, ondule légèrement la tête, quelque chose de la savane semble déferler en elle. Charles V. aperçoit dans ses yeux le scintillement d'un espoir qui vient de naître. Elle s'approche très près de son visage, y colle sa joue que le soleil a réchauffée et laisse tomber dans une sorte d'expiration narquoise:

— Alors d'accord, tu peux être mon père.

C'est alors que Charles V. prend conscience que la paternité pourrait le traquer jusqu'aux confins du monde et l'obliger, presque à son insu, à quitter ses oripeaux d'esseulé pour réapparaître, transfiguré, sous la lourde défroque d'un jeune patriarche. Figé un moment dans ce nouvel état, il essaie de deviner les gestes qui s'imposent désormais, d'imaginer les paroles qu'il conviendrait maintenant de prononcer. Instinctivement, il choisit de s'abandonner à sa vaste ignorance de l'enfance et se résout à dire bêtement :

— Dans ce cas, tu seras ma fille.

Qu'un léger tremblement dans sa voix soit à ce moment-là annonciateur d'une tendresse aussi subite qu'improbable échappe à sa conscience des choses. Il lui suffit pour l'instant d'attraper au vol les premières lueurs de sa nouvelle vie.

9

Yéri porte la calebasse à ses lèvres et demande :

— C'est quoi, la neige ?

Ils sont assis sur un banc, dans la cour, depuis déjà quelques minutes. À force d'écouter sa fille babiller à propos de sa vie, Charles V. a soudain l'impression que la sienne a déraillé en cours de route, entraînée par d'absurdes appels. Une sorte de sereine mélancolie s'abat alors sur lui. Yéri, dans la pénombre de la cour, est assise comme en apesanteur, les jambes repliées sous elle.

— La neige ? répète-t-il, comme s'il voulait soupeser la réalité de ce mot sous la masse brasillante du ciel sahélien.

Yéri le jauge de ses grands yeux d'équinoxe.

— As-tu déjà eu froid, Yéri ?

D'un air songeur, elle porte à nouveau sa calebasse à ses lèvres.

— Oui, quand ma grand-tante est morte.

Elle le considère d'un air grave pendant qu'il réprime un petit sourire déglingué au coin des lèvres. Il regarde droit devant lui. On dirait que la brousse crépite comme un magma sous le soleil. Il entend le chant grêle des sauterelles derrière la ceinture de kades.

— Eh bien, la neige c'est tout blanc.

— Comme le lait de chèvre dans ma calebasse?

Yéri avale une autre gorgée dans un sifflement étouffé.

— Si on veut. Imagine du lait comme celui de tes chèvres, reprend Charles V., du lait versé sur chaque pierre, sur chaque grain de sable, sur chaque brindille de la savane, sur toutes les dunes de l'Aribinda.

Il regarde les yeux de Yéri scruter en vain l'horizon, à la recherche de cette coulée laiteuse capable d'engloutir le désert. Les mots de Charles V. lui dilatent le regard.

— Et imagine encore que le lait durcisse, qu'il forme un immense tapis glacé. La neige, c'est ça.

Yéri, plongée dans sa rêverie et dans sa contemplation de l'horizon, ne dit rien. Son visage s'est figé, posé à présent sur cette neige africaine que cherche son regard.

Au bout d'un moment, Yéri lève les yeux sur Charles V. et dit:

— Alors, il doit y avoir beaucoup de chèvres chez toi.

Charles V. se met brusquement à douter de son explication. Il doit y avoir quelque chose d'incompréhensible dans sa voix, songe-t-il. Il lève les yeux, son regard parcourt la surface bossue de la savane.

L'immensité qu'il découvre le plonge dans une soudaine nostalgie. Une déroutante vision d'espaces enneigés emplit soudain son cerveau.

— Il fait si froid parfois, continue alors Charles V., que les paroles se mettent à geler, tous les mots sont saisis dans l'air, pétrifiés tout l'hiver. Au printemps, un beau matin, quand le temps devient plus doux, toutes ces paroles engourdies pendant de longs mois par le froid se libèrent en un instant, et le ciel se met à bavarder, comme s'il y avait une immense conversation parmi les nuages.

Alors qu'il s'apprête à poursuivre son récit, Yéri l'interrompt :

— Il y a du vent chez toi ?

— Il y a du vent partout, Yéri.

— Même l'harmattan ?

— Non, pas l'harmattan, mais d'autres vents.

— Tant mieux, moi, je n'aime pas ce vent, il rend les têtes malades.

— Dans mon pays, parfois, le vent fait s'envoler le toit des maisons.

— Alors, je n'aime pas le vent de chez toi non plus, conclut-elle d'une voix désolée, pendant qu'un chien à trois pattes se fraie en titubant un chemin parmi un troupeau de chèvres.

Un petit homme à la tête chiffonnée s'avance vers les bêtes en hurlant et, à l'aide d'une pique noueuse brandie au-dessus de sa tête, stoppe leur marche, les forçant à s'agglutiner en rond sur un petit coteau de branchages clairsemés.

Quand la poussière soulevée par cette courte transhumance frôle son visage, Charles V. cligne des yeux. Il affiche encore une expression boudeuse quand il finit par demander :

— Tu aimerais venir dans mon pays?

Yéri regarde intensément au fond de sa calebasse, comme au fond de son cœur.

— Non.

— Ah! Pourquoi?

— Il n'y a pas d'étoiles chez toi.

— Qui t'a dit cela? Bien sûr qu'il y en a, comme il y a du vent, des arbres et des pierres.

— Mon grand-père, c'est lui qui m'a dit ça.

— Et tu le crois?

— Mon grand-père dit que les étoiles sont les mots que l'Afrique a donnés à la nuit en échange du silence.

À ce moment, Charles V. s'entend rire pour la première fois depuis de nombreuses années.

— Dans ce cas, Yéri, j'ai bien peur que ton grand-père ait raison et qu'il n'y ait pas d'étoiles chez moi.

Le lendemain, à l'approche du soir, alors qu'elle scrute le ciel où de lourds nuages commencent à voiler l'horizon au-dessus de la forteresse des collines, Yéri entend venir le pas traînant de Charles V. derrière elle, accompagné du bourdonnement nasal des mouches. Sa tête pivote en sa direction et elle ouvre aussitôt les bras sur le vide, comme sur un grand désordre qui lui sourirait, appelant

Charles V. du regard. D'abord étonné par cette invitation inattendue, Charles V. esquisse un sourire embarrassé ainsi qu'il le fait chaque fois que la tendresse le prend au dépourvu. Certains jours, pense-t-il à cet instant, l'Afrique fait reluire en lui ce que la vie a terni. Et puis il s'abandonne, enserrant cette petite créature dont le cœur s'ameute entre ses bras. Il s'attendrit bien malgré lui, mais à sa mesure.

Ensuite, par un sentier hérissé de pousses basses d'euphorbes, elle l'entraîne vers la grande plaine broussailleuse. Là, dans la légèreté de la nuit, elle lui dit d'escalader un piton de boue séchée. Au bout d'un moment, ils sont comme deux insectes au sommet de leur termitière, observant le ciel déserté d'étoiles.

— Pourquoi sommes-nous grimpés sur ce tas de boue? demande Charles V. en s'agrippant aux sédiments qui s'incrustent sous ses ongles.

— Regarde, le ciel est comme chez toi, il n'y a pas d'étoiles.

Au bout de la plaine, des nuages enveloppent les collines et le ciel. Au-dessus de l'Aribinda, les lueurs de la pleine lune engloutissent les étoiles dans un abîme argenté. Juché sur son îlot précaire, Charles V. scrute avec obstination ce ciel sans étoiles, tout en se cramponnant avec une inquiétude grandissante à la croûte durcie qui lui tient lieu de siège.

— Tu vois, toi et moi nous avons maintenant le même ciel.

Yéri parle d'une voix rêveuse, en jetant une nouvelle fois un coup d'œil aux alentours. Ses talons battent la boue, tandis que ses doigts tambourinent sur ses genoux, guidés par une mélodie secrète. Charles V. pose un bras sur ses épaules. Cette paix, tout à coup, est un contrepoison à son attirance pour l'agitation. Désormais, assis sur le tronc sec de l'Afrique, il sent l'inutilité de sa vie le démanger.

10

Les jours suivants passent lentement, comme s'ils refusaient qu'on les oublie. Charles V. déambule dans le village à la recherche du hasard. Il va de concession en concession, parfois seul, le plus souvent accompagné de Yéri. Elle lui apprend le nom des arbres, des plantes et des insectes, qu'elle cajole d'une brindille au creux de sa main en riant; elle l'initie aux mystères de la savane; elle l'instruit sur le vent et les dunes; elle lui enseigne l'Afrique à petits pas, l'alphabet de ce monde qui n'entre pas dans ses bagages. Elle marche pieds nus, toujours vêtue de son uniforme d'écolière, immaculé et tout bleu. On dirait une étrangère parmi tous ces enfants plus ou moins dépenaillés. Elle s'attire d'ailleurs leurs quolibets et leurs railleries. On se moque aussi de sa peau trop noire, de ce masque d'ébène qui lui sert de visage et qu'elle porte certains jours comme un stigmate honteux.

Des enfants l'ont affublée d'un sobriquet terrible : *scorpion*. Et puis ces yeux, où miroitent les couleurs de l'aube, d'où ont-ils tiré leur inconcevable clarté ? Charles V., dont la pâleur laiteuse l'illumine en toute

circonstance, se demande par quelle étrange trans-
mutation sa semence a pu engendrer cette enfant
de jais, ce bois sculpté dans la sauvagerie africaine.
Après tout, Fatou n'est-elle pas une Mossie à la
peau claire, au teint de paille? Par quelle magie, se
demande Charles V., le sang d'un Blanc peut-il
noircir ainsi, jusqu'à enténébrer le visage d'une
fillette?

Un jour, il interroge Fatou:

— C'est ainsi, c'est tout. Elle aurait pu avoir le
teint caramel d'une métisse, elle a la peau noire
d'un scorpion.

Charles V. se sent impuissant devant ce fata-
lisme débonnaire et n'ose lui opposer le moindre
argument. Il en conservera néanmoins une secrète
suspicion.

Un bon matin, Fatou lui annonce qu'elle doit
se rendre à Ouahigouya, à cent cinquante kilomètres
à l'est d'Aribinda. Son père s'y meurt de dysenterie
sous les palabres d'un griot.

— Je t'y amène, dit-il aussitôt.

Deux heures plus tard, en compagnie de Yéri et
de Mustapha, ils roulent sur la piste rougeoyante
qui mène au pays yatenga. Charles V. s'étonne de
cette étrange famille multicolore qui ressemble à
une nuée d'oiseaux exotiques. Il songe à sa femme,
pareille à lui au point qu'ils s'éclipsent l'un l'autre,
dans un redoublement monotone. Il constate que
son souvenir ne fait surgir en lui aucune émotion
et il s'abandonne sans remords à cette indolence des

sentiments. L'Afrique défile devant lui, à perte de vue, au milieu des broussailles, sous la voûte brûlante du midi, comme les premiers mots d'un livre. La jeep franchit un cours d'eau, les eaux boueuses du fleuve Nakambé, prémisses de l'arrivée.

Fatou les conduit à une petite maison de briques d'adobe.

Le souffle enfiévré de la savane s'est arrêté au seuil de la maison. Dans une pièce, où un vieil homme est allongé sur une natte en feuilles de palmes, Charles V. laisse son regard errer sur un mur couvert de masques zoomorphes. Quelques personnes font un cercle autour de l'homme. Son corps déformé ressemble au fût tordu d'un arbre touché par la foudre. Sur le visage décomposé, des cicatrices rituelles se sont pétrifiées à jamais. Les yeux ne sont plus que des cailloux vitreux brûlés par la morsure du soleil. L'homme est si maigre et sa peau si uniformément nervurée, qu'un instant Charles V. croit apercevoir un iguane. Fatou s'avance doucement vers le vieil homme en courbant le dos. Yéri et Charles V. se glissent dans son ombre en se tenant la main tandis que Mustapha se tient au garde-à-vous à l'entrée.

Fatou prend les mains de son père, qui restent inertes entre ses paumes. L'homme est à demi conscient, mais quand le griot feint de s'approcher de lui, il laisse échapper un râle qui le repousse dans son coin. Quelques heures plus tard, Fatou murmure quelques mots en mooré à travers ses larmes. Le visage de Yéri, emporté par le même élan, se mouille à son tour. Fatou déplie les jambes du vieil homme couvertes de stigmates ulcéreux, qu'elle humecte à l'aide d'un linge déposé dans une cuvette, se penche ensuite vers lui, à l'écoute de son souffle. Quelques minutes plus tard, elle se retourne et dit avec une sorte de douleur irréelle :

— Le vieux Mossi est mort.

L'homme avait soixante ans. Personne parmi les trente concessions du village n'avait vu le jour avant lui. Ainsi va l'Afrique, où la vieillesse est un pari surréel.

Autour de Fatou, le cercle des pleureuses s'agite dans un bruissement de tissus. Instinctivement, Charles V. fait un pas vers elle. Agenouillée près du corps de son père, Fatou murmure une prière silencieuse échappée de la savane.

Au cours des deux jours suivants, le village s'affaire aux préparatifs des funérailles du vieux chef. Dans sa case, des hommes creusent un trou large et profond, un tombeau-puits en forme de L où est déposée la tombe, le *yaogo*. Au fond, le croquemort étend la couchette du défunt qu'il oriente vers le nord. Le jour de l'inhumation, une fois le corps lavé et paré d'un pagne par le marabout, le corps est allongé sur sa couchette. Le croquemort dépose alors autour de lui un arc, des flèches, des bracelets d'argent, quelques agumias. Le tombeau, autour duquel on a creusé une fosse, est alors entouré d'une claie de roseaux. Devant la tombe, le marabout a planté une pierre tombale en forme de mortier. Un *bougo*, devin protecteur, y a été sculpté. Pendant plus d'une heure, des amis et des parents du défunt interrogent la dépouille en lui prenant parfois la main ou en frôlant ses pieds. Peu après, une lourde dalle de pierre est déposée sur la tombe, juste avant que deux hommes construisent un dôme en bois de sadj qu'ils posent sur le monticule qui la recouvre maintenant. À la fin, quand débute la fête en l'honneur du défunt chef, près de mille personnes sont réunies au village. Le chant des flûtes et des balafons, la voix du bendré engourdissent la mort, aussi invisible qu'un rire.

Ensuite, Fatou, Yéri à son bras, remonte l'allée qui conduit au jardinet dévasté de son père. Elle pousse le portillon à demi fermé. Elle s'avance jusqu'à l'empattement d'un muret et, sur son bord, enterre avec application une amulette taillée dans une corne de bubale.

— Voilà, nous pouvons partir maintenant, annonce Fatou d'une voix posée, en tournant sa tête vers Charles V.

C'est sa façon à elle de saluer d'un bout de cartilage la drôlerie de la mort.

11

Sur la route du retour, l'harmattan se met à souffler, jetant une brise froide sur les mornes. Des bouquets épineux roulent devant la jeep, aspirés par un tourbillon de poussière qui semble galoper sur la piste. Soudain, devant la jeep, à quelques mètres à peine, surgit la silhouette massive d'un bovin fouetté par le vent rouge. Mustapha freine de toutes ses forces. Un beuglement effrayant se fait entendre, les cornes de l'animal transpercent le pare-brise soudain éclaboussé de sang. La voiture dévie de sa course, propulsée vers la savane hérissée de cailloux. L'engin tangue vers la droite, se redresse un court moment sur son axe, comme attiré par le ciel, puis sa masse s'abat lourdement sur le sol. La jeep s'est enfoncée dans une épaisse boue argileuse. Deux roues, encore libres, tournent dans le vide, pareilles à des hélices.

Charles V., aplati à l'avant contre une portière, ouvre les yeux sur un pare-brise à moitié disparu. Un margouillat le dévisage sans bouger et s'enfuit lorsqu'il se redresse, tentant de se dégager du poids de Mustapha.

— Tout va bien, toubab, dit-il en soupirant.

Leurs regards se croisent lorsqu'ils tournent la tête à la recherche des autres passagers. Fatou est assise les bras ballants, un genou enfoncé dans la portière, un peu étourdie mais intacte. Ses yeux s'entrouvrent lentement sur le visage ensanglanté de Yéri. De sa tête, basculée sur le ventre de Fatou, coule un filet de sang, là où des éclats de verre ont incisé le front. Le sang sinue jusqu'à la bouche, qu'il maquille d'un ourlet brillant. Charles V. se faufile à l'arrière en s'agrippant au toit.

Fatou hurle le nom de Yéri. Elle prononce des mots que Charles V. ne peut comprendre. Il pose délicatement la main sur sa blessure et constate que Yéri respire normalement.

— La blessure n'est pas grave. L'incision est superficielle, dit sa voix qui cherche à rassurer Fatou.

À travers l'une des fenêtres éclatées de la jeep, Mustapha dit :

— Il y a un dispensaire à environ deux kilomètres d'ici. On peut facilement s'y rendre à pied.

Tout en continuant de parler, Mustapha se dirige vers la jeep. Du ventre du coffre, il extirpe une machette. Il s'approche lentement du zébu qui gémit de douleur, de larges plaies aux flancs. La lame d'acier s'enfonce dans la chair comme dans une galerie souterraine. Un long jet brumeux en gicle, dans un bruit de succion douceâtre.

Un convoi à la triste mine s'anime ensuite et marche lentement en direction du village désigné par Mustapha. Dans les bras de Charles V., Yéri semble rêver, molle statuette d'ébène au cœur battant. Au bout d'une heure de marche, ils voient se dessiner la muraille d'un village au tournant du chemin. Une case, aussi noire qu'une grotte, tient lieu de dispensaire, où une infirmière française officie deux jours par semaine.

Au cours de la marche, Yéri a repris conscience. Elle est calme, elle a même esquissé un sourire lorsque Charles V. a chatouillé son nez de son menton où percent maintenant de longs poils affûtés.

L'infirmière est partie la veille accoucher une femme dans un village voisin. Dans une petite mallette de cuir posée sur une table de rotin, elle a toutefois laissé un onguent antiseptique, des pansements stériles, une aiguille, une pince à épiler.

— Je peux nettoyer sa plaie et faire des points de suture, si tu le veux, toubab. Je l'ai fait souvent sur des chameaux.

Charles V. pâlit un peu à l'écoute de cette dernière révélation, mais Fatou ne lui laisse pas le temps de sonder sa peur.

— Allez, Mustapha, fais ce qu'il faut.

Mustapha s'exécute avec une adresse qui étonne Charles V. Yéri enfonce ses dents dans un morceau de bois quand Mustapha transperce sa chair d'une aiguille. C'est à peine si elle émet un grognement lorsque le sang coule sous le cuir distendu.

Plus tard, quand Yéri est endormie sur sa natte, Fatou assise à ses côtés, le chef du village invite Charles V. dans sa case.

— Vous passerez la nuit ici. Demain matin, mon fils vous conduira à Aribinda dans sa charrette. Les ânes sont lents et la route est longue. Il vaut mieux que vous alliez dormir sans tarder.

Charles V. remercie le chef et marche vers sa case, saisi d'un brusque désir de présence humaine. Sous le souffle froid du vent, il regarde la steppe immense et vide, ce havre surnaturel dont il entend battre sous la terre le cœur toujours brûlant. Inexplicablement, ce soir-là, il s'endort seul avec son épouvante, à bout de force.

12

Un soir, Charles V. rejoint Mustapha, posté au sommet d'une colline qui domine Aribinda. Deux hommes discutent à ses côtés en buvant du thé. Ils parlent à voix basse, en tamacheq, la langue des Touaregs. Un peu en retrait, mais encore éclairé par le feu de bois, un jeune garçon porte à ses lèvres un gobelet rempli de jus de tamarin.

— Bonsoir, toubab, laisse tomber Mustapha, en ayant l'air de ne pas le voir.

Plus personne ne parle, même le vent s'est tu au pied de la colline. Charles V. a le sentiment d'avoir interrompu le fil d'une conversation secrète. Il s'excuse mais, d'un hochement de tête, Mustapha lui fait signe de rester et lui offre le thé. Un des deux hommes se remet à parler, presque en sourdine. Sur son menton, c'est à peine si l'étoffe du chèche frémit quand ses lèvres remuent. S'il ne comprend rien au dialogue de ces hommes, Charles V. devine au ton de leurs voix qu'un drame en est le sujet.

— Ces hommes devront quitter leur pays, toubab, dit lentement Mustapha en se tournant vers Charles V.

— Ah! fait-il, en croisant ses jambes pour imiter ses voisins. Pourquoi?

— La sécheresse. Depuis un an, il n'est pas tombé de pluie au Sahel. Ils ne peuvent plus nourrir leurs troupeaux. Ils ont faim, leurs enfants aussi. Ils se nourrissent des feuilles d'acacia bouillies qu'ils donnent à leurs vaches. Alors, s'ils ne veulent pas mourir, demain ils partiront vers le Mali ou le Sénégal. Là-bas, ils pourront peut-être trouver du travail dans les mines. Mais un Targui sans troupeau n'est pas un Targui.

Mustapha a livré tout ça d'une voix mesurée, sans état d'âme. À la fin pourtant, au prix d'une intense attention, on aurait pu discerner un léger rictus embrouiller son regard. Comme s'il avait peur qu'on lise en lui, Mustapha lève la tête vers les étoiles qui n'humilient personne.

La cérémonie du thé reprend sous le flot des étoiles, dans le chuintement tiède d'un vent imperceptible. Charles V. songe que l'heure du départ viendra bientôt pour lui aussi. Ce n'est pas le Sahel qui le chassera, mais la sécheresse de son cœur. Sa vie n'est pas ici, dans cette étendue sans repos, où bat pourtant sa propre vie, arpentant le désert dans un costume bleu d'écolière et riant sous un masque de jais.

— L'Afrique ne sert à rien, marmonne-t-il en lui-même, pour chasser tout remords.

Une voix rugueuse et tremblante fait soudain vibrer l'air. Un Targui chante un chant d'amour et de solitude, une mélopée douloureuse qui convoque l'oasis, le désert et les méharis.

Charles V. sent son cœur se bâillonner. Dans sa mémoire, aucun chant ne subsiste, à moins d'appeler ainsi la plainte dérisoire d'une vie. Il attend de ne plus rien éprouver et cherche ensuite dans son thé un frisson de grâce. La voix de l'autre Targui s'est jointe à présent à celle du premier et lui fait écho. Cela dure un moment, jusqu'à ce que la dernière flamme s'éteigne et qu'une fumerolle s'élève au-dessus des braises comme un cobra. Le village, tout en bas, a sombré dans une nuit douce.

— Et toi, Mustapha, tu partiras aussi? demande Charles V. quand les chants ont cessé.

Mustapha réfléchit un long moment, penché au-dessus des braises mourantes. Quand il se redresse, le vide entre eux semble avoir façonné une autre présence.

Il finit par dire:

— À moins que je meure, aucun voyage ne peut me mener loin du Sahel. Demain, je pars avec eux jusqu'à la frontière du Mali et je reviens aussitôt.

Charles V. pense alors à sa mort, le temps qu'un vol de roussettes ait terminé de jeter sur la savane l'énigme de son cri.

Le Mali, l'autre frontière du Sahel, au bout de cette immensité de cendres qui engloutit l'Aribinda. Charles V. entend soudain sa voix murmurer doucement, comme pour lui seul:

— Alors, dans ce cas, je vous accompagne.

Mustapha, penché au-dessus des cendres, se contente d'écouter le silence de la savane, cette chimère, cette ivresse.

13

Charles V. a pris l'habitude de tenir son ombre à bonne distance derrière lui, comme un cocotier. Dans la jeep qui se faufile entre les flancs évasés des collines, il éprouve la fragilité de son corps ballotté en tous sens. Le soleil de midi, aussi droit qu'un réverbère, fait grésiller le désert. Mustapha avance lentement, précédé des deux Touaregs montés sur leur méhari.

Pendant trois jours d'une laborieuse avancée dans le désert, ils traversent de nombreux villages. Partout, la famine a laissé les traces de son funeste passage. Les champs de mil ont fait place à des étendues broussailleuses, des vaches à la panse remplie de sable errent, hébétées, parmi des carcasses de moutons ou de chèvres; dans les greniers de banco, aucun grain de niébé ou de sorgho ne vient alourdir les mains maigres; les arbres sont à nu, leur écorce dévorée par les criquets pèlerins.

— Un jour, raconte Mustapha, le marabout de mon village a récité des versets du Coran à un criquet pour qu'il protège nos récoltes. Le criquet a rejoint son essaim et, deux jours plus tard, un immense nuage noir d'une quinzaine de kilomètres carrés s'est abattu sur nos champs. À la fin du jour, quand les criquets sont repartis, il ne restait plus rien de nos champs de sorgho et de mil.

Charles V. fixe la plaine silencieuse à la recherche d'un présage en bordure de l'infini. Il n'aperçoit que des enfants affamés, aux cheveux décolorés par la faim et au visage de bêtes fatiguées, où nichent d'immenses yeux, comme des pruneaux globuleux. Le Sahel n'est plus qu'une plaine maléfique, un charnier fantomatique peuplé d'ombres qui survivent dans un état de terreur épouvantée. Il sent remonter en lui sa détestation de l'Afrique et puis il regarde sans ciller cette immensité de cendres, en quête d'un soleil descendant.

— L'Afrique est une verrue, l'Afrique a été happée par le néant, peste-t-il.

Étrangement, il se sent vivant, baigné de chaleur et d'espoir. Il voudrait se sentir coupable, à cet instant, d'éprouver un tel sentiment. Pourtant, dans le lent rodage d'une vie, il lui semble éprouver enfin la nécessité d'exister. Il sourit à ce désir qui monte en lui, comme hypnotisé par cette transparence nouvelle.

Un peu à l'écart d'un village, des hommes ont creusé une fosse commune. Charles V. s'est approché un court moment de la fosse puante où, dans un entrelacs macabre de jambes et de bras, s'entasse la pyramide des corps, chacun plus émacié et tordu que le précédent. Charles V. emmaillote son visage dans son chèche pour ne pas vomir, il n'ose même pas chasser les mouches innombrables qui rôdent autour de son visage de peur que l'odeur pestilentielle de cette malédiction ne pénètre en lui, asphyxiant ses poumons. Pour la première fois, il aperçoit la peur dans les yeux des Africains, la mort qui chaque jour revendique son lot de chair humaine.

La caravane reprend sa longue marche sur une piste chamelière abandonnée.

Et puis, au moment où un chien effrayé aboie à leur passage, ils atteignent la frontière du Mali. Charles V. reste longtemps à regarder ses compagnons touaregs s'enfoncer avec un rythme lent dans la savane désolée.

Mustapha, bras haut levés, salue une dernière fois ses amis. Quand il remonte dans la jeep, Charles V. dit mystérieusement, en promenant un regard circulaire sur l'horizon :

— À présent, c'est l'heure pour moi d'entreprendre autre chose.

14

Pendant plus de vingt jours, Charles V. a vécu sous la brûlure de la savane, affronté les ombres pleines de détours de la fin du jour, marché dans la plaine dénudée, bu cette eau alcaline qui lui broyait l'estomac, posé son corps sur le sol parmi des insectes revigorés par son odeur. Il a côtoyé l'Afrique, visité quelques-uns de ses secrets, le Sahel lui a confié tant de choses. Vient un jour où l'obliquité de son âme l'accable. Sa vie, jamais d'équerre, vient de basculer une nouvelle fois, du moins le croit-il. Il décide donc de repartir, d'emprunter à rebours des pas qu'il aurait semés derrière lui afin de ne pas s'égarer. Un matin, il annonce à Fatou :

— Je pars demain.

Le lendemain, très tôt, sur le chemin de Gorom-Gorom, il a le sentiment que des années se sont écoulées depuis son départ. Dans la glace de la jeep, pourtant, son visage reste immuable, un halo blanc y flotte comme une petite flamme fatiguée. Au moment du départ, Yéri lui fait cadeau d'un bracelet d'acajou en versant quelques larmes. Il s'entend lui dire, comme à son insu :

— Je reviendrai te voir.

Pendant tout le voyage qui le ramène à Ouagadougou, Mustapha reste silencieux, les yeux agrandis par le soleil qui chauffe les buissons d'acacias et la piste de latérite. Les mots, ici, face à la vaste plaine herbeuse où la vie semble s'être absentée, paraissent incongrus. Pourtant, il éprouve leur présence volatile en lui, dans sa voix qui se tait farouchement, dans son âme devenue moribonde à force de ne tenir à rien.

Bientôt, la jeep traverse Gorom-Gorom dans un tourbillon de poussière, sans s'arrêter. Charles V. s'endort un long moment, le visage tourné vers le ciel épuisé de l'Afrique. La nuit venue, il dort dans un hamac tendu entre la jeep et un arbre, Mustapha préférant s'allonger sur une couverture posée à même le sol.

À Ouagadougou, l'heure est venue de se séparer de Mustapha. Sa valise à la main, Charles V. l'embrasse en rougissant. Malgré sa surprise, Mustapha ne bronche pas.

— Au revoir, toubab, dit-il simplement, impassible au milieu du brouhaha de l'aéroport.

Dans l'avion, Charles V. se met à éternuer en rafale. Il ne supporte pas l'atmosphère pressurisée de la cabine. Il tâtonne dans son sac à la recherche d'un mouchoir de coton. Quand il le porte à son visage, il découvre un tissu taché d'un sang brunâtre, le sang de Yéri. Son regard se bloque un instant sur cette vision. Du bout des doigts, soigneusement, il replie le mouchoir qu'il enfouit au fond de sa poche.

À Montréal, un taxi le ramène chez lui. Bien qu'il ait été absent vingt jours, sa femme Lucie l'embrasse avec tendresse plutôt qu'avec ferveur. C'est ainsi entre eux depuis les premiers jours : ils s'affectionnent plus qu'ils ne s'aiment, dans un clair-obscur attendri. Ils ont muré en eux tout ce qui pouvait ressembler à une surabondance des sentiments. Cette distance discrète, mais farouchement défendue, est leur façon de ne pas se contredire.

— Tu es resté plus longtemps que prévu, laisse-t-elle tomber, un peu sèchement.

Il fuit un moment son regard et puis, d'un ton désolé, répond dans un bâillement :

— Tu sais, en Afrique, tout est si compliqué.

Le voyage l'a exténué. Il s'allonge sur le sofa et, quelques secondes plus tard, s'endort, l'Afrique au fond de sa poche.

LE RETOUR

15

Au cours des semaines suivant son retour, Charles V. est pris d'une bizarre frénésie : il se met en quête de l'Afrique.

Un matin, il se rend au travail vêtu d'un burnous. Un instant, l'idée lui est venue de fixer à sa taille un choucaras de cuir que lui a offert Mustapha. Après quelques hésitations, il renonce à cette ultime audace. Au bureau, ses collègues se moquent avec douceur de son accoutrement, mais aussi de ses nouvelles lubies. Après quelques jours, il a inauguré un nouveau rituel : lors des réunions hebdomadaires, il fait préparer du thé à la menthe qu'il verse à chacun des membres de son équipe selon un cérémonial chaque fois plus alambiqué.

Les murs de son bureau sont désormais ornés de masques à tête d'antilopes, de hyènes, du masque fou à deux cornes de Boromo, du masque papillon du peuple bwaba, des masques jumeaux Hembeni, du masque soleil Yeyou. Ainsi entouré de ces figures hallucinées, il a le sentiment de travailler au cœur d'un caravansérail. Parfois, il reçoit ses visiteurs au son du tambour, du kooro ou de la sanza.

La musique de l'Afrique l'exalte, le plonge dans une sérénité inhabituelle et naïve. On pourrait le croire en train de sombrer dans un insouciant délire. En fait, il exerce son âme à l'inconnu, il l'acclimate en douce à la solitude trouble de sa vie retrouvée.

Une fois, jaugeant la vitrine d'une boutique de souvenirs africains, il ne peut réprimer sa colère et fonce, furieux, en direction du propriétaire qu'il apostrophe :

— Ceci n'est pas l'Afrique, c'est un bazar.

Un autre jour, alors qu'il déambule dans les rues, guidé par son désir d'Afrique, il cherche au fond de ses poches son mouchoir taché du sang de Yéri. Il le contemple au creux de sa main, tel le papyrus d'Artémidore.

Au bout d'un moment, une idée lui vient. Il dirige ses pas vers le centre-ville, fonce à grandes enjambées à travers la foule, sa main serrant puissamment la relique. Il pénètre dans un grand édifice de verre, dont il emprunte l'ascenseur sans jeter un regard aux autres passagers. Les portes s'ouvrent sur un comptoir d'acier étincelant derrière lequel s'ennuie une jeune fille rousse auréolée d'une blancheur immaculée.

— C'est pour une analyse, dit-il sans même saluer la jeune fille.

Elle jette un œil glacé sur le mouchoir souillé qu'il secoue sous son nez comme une muleta.

— Laquelle, monsieur ? Notre laboratoire en effectue des centaines.

— Ah! Je comprends. Un test d'ADN.

La jeune fille ne bronche pas, l'air de flotter au-dessus des considérations humaines.

— Et ce sera long avant d'obtenir les résultats?

— Ça dépend.

— De quoi?

— De vous. Pour 500 $, les résultats vous sont remis dans un délai d'un mois. Si vous les voulez dans les cinq jours, il vous en coûtera 300 $ de plus.

— Alors ce sera dans les cinq jours.

D'un geste las, elle lui tend un formulaire et une enveloppe.

— Remplissez ce document et glissez l'échantillon dans l'enveloppe.

La jeune fille jette un regard dégoûté sur le mouchoir d'où émane une drôle d'odeur.

— La tache, c'est du sang?

— Oui.

— Alors on fera un test sanguin, c'est le protocole.

— D'accord, répond Charles V. sans broncher avant d'ajouter: Et vos résultats, ils sont sûrs?

— Leur fiabilité est évaluée à 99,9999 %.

Devant cette perspective, Charles V. éprouve le vertige qu'imposent les puissantes certitudes de la science.

«Jamais l'Afrique n'aura été si proche de la perfection», pense-t-il, amusé à l'idée que sa fille naîtra dans un laboratoire.

Charles V. s'accoude ensuite sur le comptoir, l'air perplexe. D'une voix retenue, la jeune fille laisse tomber :

— Vous avez besoin d'autre chose ?

— Un autre test.

— Ah bon !

— Un test d'ADN pour moi aussi, histoire de voir s'il y a une parenté entre les deux échantillons.

— Je vois, dit la jeune fille dans un hochement de tête.

Sans lui jeter un regard, elle tend une feuille à Charles V. et reprend :

— Répondez à ce questionnaire et dirigez-vous vers la salle 101, juste derrière vous. On vous fera une prise de sang.

Charles V. quitte la clinique quelques minutes plus tard, au bras, une large ecchymose qu'il ne peut s'empêcher de contempler avec une admiration rêveuse.

Au cours des jours suivants, il attend les résultats dans un état d'insouciante prémonition. Il est entré mollement dans une nouvelle existence, faite de réconfortantes certitudes, aussi parfaites qu'un souvenir de soi.

Sans qu'il en connaisse la raison, il se met à lire les poètes africains. Il s'échappe dans la poésie comme le crabe s'embusque dans la moule. À son propre étonnement, les mots de l'Afrique insinuent en lui un vent léger de félicité.

Puis, le cinquième jour, une enveloppe ornée d'un caducée apparaît sur son bureau, mêlée au flot habituel du courrier. Ses mains tremblent au moment d'ouvrir l'enveloppe. Au milieu de la page, il observe un ensemble de brins d'ADN séquencés.

— Du chinois, soupire-t-il en fronçant ses maigres sourcils.

Il poursuit sa lecture, s'arrête un instant, la reprend à nouveau, enregistrant chacun des mots qui défilent sous ses yeux.

Sur son visage rien n'apparaît, sinon peut-être ce qu'aucun mot ne peut dire.

16

Alors qu'il avale la dernière bouchée de son repas, Charles V. annonce d'une voix nonchalante :

— Je repars en Afrique.

La chose est dite sur le ton d'une évidence incontestable. Repartir pour l'Afrique, c'est à coup sûr faire un pied de nez à son penchant sédentaire. Il n'a pourtant donné aucun indice de son intention au cours des jours précédents. Certes, l'Afrique était au cœur de ses propos, telle une lubie passagère, pouvait-on croire. Bien sûr, Lucie s'était étonnée un matin de le voir revêtir l'uniforme kaki du chasseur de fauve. Elle avait haussé les épaules, s'amusant de cette innocente tocade. À cet instant précis, pourtant, elle écarquille les yeux. Ce projet lui fait peur, sans qu'elle s'en explique concrètement la raison. Il a l'air tellement résolu, lui d'ordinaire si velléitaire. Elle finit par laisser échapper, avec une moue faussement désinvolte :

— Ah! Et tu pars quand?

— Dans deux semaines, répond-il dans une sorte de soupir.

À partir de cet instant, un silence exorbitant s'installe entre eux, comme un corset trop serré. Lucie regarde son mari et cherche sur son visage un signe qui lui révélerait cet homme soudain rempli d'obscurité. Ce masque inconnu, jamais avant ce jour elle ne l'avait entrevu. La netteté de ses traits d'autrefois semble s'être insidieusement estompée sous ses yeux. Cet homme, elle ne le saisit plus aujourd'hui qu'en pointillés, comme si l'Afrique avait posé une indicible grimace à la place du visage.

Tout à coup, dans une sorte d'émoi irrépressible, elle regarde Charles V. dont elle cherche à recomposer dans sa tête le visage disparu, happé par l'Afrique qu'elle n'imagine pas. Elle essaie frénétiquement de deviner quelle mystérieuse injonction l'entraîne encore une fois vers cette destination malaimée de son cœur. Elle se sent brusquement étourdie, prise de nausée, comme lorsque passe une vie sans rien dire.

17

— Bar au cari ou daube de bœuf, monsieur?

Charles V. tourne vers l'agent de bord son regard égaré. Il s'est assoupi dès le décollage de l'avion, au moment où la pluie commençait à tomber au-dessus de Montréal. La nuit s'est installée à ses côtés, dans un hublot humide. Le poisson est fumant dans l'assiette de porcelaine. Il trempe ses lèvres dans le verre de riesling. Il a réservé une place en première classe. Il aime l'isolement volup-tueux que procure ce luxe, l'ivresse d'un sommeil horizontal en plein vol. C'est sa façon d'amadouer l'inconfort prochain de l'Afrique.

— L'Afrique ne sert à rien, se répète-t-il en lui-même pour la centième fois. Il se réjouit pourtant de revoir Mustapha qu'il a prévenu, la veille, de son arrivée. Et Yéri. Yéri, bien sûr, dont le visage remonte en lui jusqu'à obscurcir son regard. Il ferme les yeux pour qu'elle ne lui échappe pas, qu'elle ne s'évanouisse pas dans ce ciel onirique, mainte-nant sans horizon.

Une fois le repas terminé, il se laisse aller au sommeil, bercé par le bruit du vent dans les buissons d'acacias. À son réveil, on lui sert un café dont le parfum chocolaté l'excite. Après une brève escale à Paris, il s'envole vers Ouagadougou. Mustapha l'attend devant l'aérogare, appuyé contre sa jeep.

— Bonjour, toubab, tu as fait bon voyage?

— Un rêve, Mustapha, un rêve, répond Charles V. en lui donnant l'accolade.

Ils roulent en direction du Palm Beach sous un ciel chargé de poussière. La circulation est fluide à cette heure de la nuit, mais Mustapha roule lentement, comme s'il voulait secrètement retarder l'arrivée à l'hôtel. Lorsque la voiture est immobilisée à un feu rouge, il demande:

— Tu resteras longtemps cette fois, toubab?

Charles V. hésite un long moment et finit par laisser tomber avec lassitude:

— Non, pas longtemps, Mustapha, je ne crois pas.

Sous la nuit chaude, Ouagadougou lui apparaît telle que sa mémoire en a conservé le souvenir: la respiration passionnelle, pleine de bruits, d'une ville dont l'impudique sauvagerie l'enivre et l'effraie tout à la fois, sans qu'il puisse nommer pourtant ce qui, au travers de cette fuyante réalité, est de l'ordre du souvenir ou du rêve.

Au moment où ils arrivent au Palm Beach, Charles V. ajoute:

— Nous partons demain matin pour Aribinda.

Mustapha hausse les sourcils sans répondre, retranché dans un silence insaisissable. L'espace d'un instant, Charles V. voudrait lui dire pourquoi il reprend à nouveau la route vers Aribinda. Il songe à la difficulté du voyage, au caractère dérisoire de son entreprise. Il chasse un halo mouvant dans sa tête, esquisse un sourire et, d'une voix grave, reprend :

— Je dois aller au bout de mon Afrique.

Mustapha approuve du menton sans rien dire pendant qu'un cerne grimaçant apparaît sur son visage.

Toute la nuit, Charles V. pensera à ce rictus léger où il a cru apercevoir un bref instant quelque chose d'intelligible pour lui seul.

18

La sécheresse a transformé la savane en un brasier fauve où l'alizé venu du Sahara flétrit le sol, à présent pareil à une peau fossilisée. L'Afrique soudain a un goût de poussière et de soufre. Charles V. ne peut s'empêcher pourtant d'aimer ce paysage surnaturel où les pierres éclatent sous le soleil, dans la solubilité d'une lumière frémissante.

La piste qui relie Dori à Aribinda a été fermée par un barrage militaire, obligeant les voyageurs à bifurquer vers Gorom-Gorom. Charles V. revoit les troupeaux de zébus qui bordent l'entrée de Kaya, qu'il faudra traverser avant de rejoindre l'oasis peule de Dori. Ensuite, ce détour les forcera à emprunter la piste de Falagountou jusqu'à Gorom-Gorom, dans la province de l'Oudalan et, de là, à s'engager vers le sud sur la piste menant à Aribinda. Un long détour qui promet d'être exténuant, mais laisse pourtant Mustapha impassible :

— Un détour, ce n'est jamais qu'un autre chemin du même voyage.

Au matin du troisième jour, les collines néolithiques d'Aribinda se dessinent à l'horizon. La jeep se faufile dans l'enchevêtrement des ruelles, bousculant quelques troupeaux de chèvres sur son passage. Ce long voyage depuis Montréal a plongé Charles V. dans un état d'épuisement qui, à l'approche d'Aribinda, a assombri son cerveau. Pendant vingt-quatre heures, à l'abri sous la moustiquaire, il rêvera à cette Afrique en lui qui remonte de l'oubli tel un mauvais génie.

19

Fatou l'aperçoit qui emprunte l'allée pierreuse sous les rameaux de kade, contournant le mur de la maison. Elle est en conversation avec deux femmes peules lorsque Charles V. arrive à sa hauteur. Ils n'échangent tout d'abord aucun mot, chacun surpris d'être là face à l'autre, au cœur du Sahel. Les femmes peules se retirent dans un bruissement d'étoffes, non sans avoir d'abord jeté un œil amusé à cet inconnu à la mine fripée.

— L'arrivée de la pluie m'aurait moins surprise que ta visite, laisse tomber Fatou en guise de salut. Serais-tu en train de prendre goût à nos contrées ?

Charles V. laisse errer son regard un court instant jusqu'aux limites des collines qui veillent sur l'Aribinda. Il soupire pensivement, en proie au doute. Fallait-il revenir ici, au Sahel, remonter aux sources d'une histoire qui lui était devenue étrangère après tant d'années, si lointaine en vérité qu'il n'arrivait plus à en dénouer l'écheveau embrouillé ? Si, tout à coup, il se mettait à soupeser sa vie, sans doute sentirait-il le souffle du vide traverser ses mains. Cette pensée l'abat un peu, et puis l'horizon est si loin en ces lieux, si précaire aussi, comme lui-même. Il finit par dire, d'une voix que la lassitude rend plus ténue encore :

— J'ai quelque chose d'important à te dire.

Les yeux de Fatou paraissent s'animer. Elle hoche la tête pour l'inviter à s'asseoir sur un tronc d'arbre. Il la regarde à présent au bord des larmes. D'un geste frémissant, il lui tend une feuille :

— Qu'est-ce que c'est ?

— Le résultat d'un test de laboratoire.

D'abord intriguée, Fatou parcourt le document, baisse la tête pour se mettre à l'abri du soleil, scrute le texte en plissant les yeux à la recherche d'une vérité compréhensible.

— Je ne comprends pas. Tous ces mots, c'est quoi ? « *Sérologie VIH positive.* » Et ça, dis-moi, qu'est-ce que ça veut dire ?

De son index, elle pointe un passage au bas du texte : « *infection par le VIH de stade A* ».

Le regard de Charles V. balaie à nouveau l'horizon. Il sait bien que le fleuve brûlant qui barre le ciel ne peut venir à son secours. D'une voix hésitante, il dit :

— Cela veut dire que Yéri va mourir.

Il semble alors à Charles V. que le ciel de l'Afrique est resté muet. Fatou, d'un ton sans réplique, répond :

— Je sais bien que Yéri va mourir. Mais, ce jour-là, je serai morte depuis bien longtemps déjà.

— Non, Fatou, elle mourra avant toi.

— Tu es marabout maintenant, tu prédis l'avenir.

— Yéri est atteinte du sida, Fatou, c'est ce que dit ce papier entre tes mains.

Le coup a porté cette fois. Fatou ne bouge pas, tout son corps s'est soudainement figé. La peur, non, la terreur a déteint sur son visage. Le sida, pour elle, possède un masque familier, elle l'a croisé souvent ici même ou à Gorom-Gorom, hantant les rues, promenant sa solitude fantomatique parmi les vivants, posant son visage sur les pierres quand celui des humains fuyait sur son passage. En ces lieux, le sida n'est pas qu'un mot, il n'est surtout pas un mot, sa réalité a éteint tant de regards, étouffé tant de cris, qu'autour d'elle Fatou entend encore les pas de ses victimes.

— Comment peux-tu savoir cela? s'écrie-t-elle, d'une voix que la colère a rendue sèche.

Charles V., avec un calme qui l'étonne lui-même, lui parle alors de son mouchoir souillé du sang de Yéri, en prenant soin de lui dissimuler les motifs qui l'ont poussé à en demander l'expertise.

— Mais Yéri n'est pas malade. Je te jure qu'elle va bien.

L'instant d'après, les yeux de Fatou s'embuent.

— La lettre dit que l'infection est au stade A.

Fatou ne réagit pas, prostrée dans un abîme.

— C'est une infection asymptomatique. Pour l'instant, elle semble en parfaite santé. Mais, un jour, les premiers symptômes apparaîtront, elle souffrira de diarrhées, de crampes et de vertiges, son corps ne sera plus qu'une masse frissonnante luttant contre la douleur.

— Tout le monde en souffre ici, s'exclame aussitôt Fatou, comme si elle voulait conjurer le sort.

— Non, Fatou, ce dont je parle n'a rien à voir avec le paludisme. Yéri souffrira de listériose ou bien de dysplasie, des lymphomes marqueront son corps, elle sera peu à peu vidée de toutes ses forces.

Charles V. s'arrête, soudainement terrorisé par les mots qu'il vient de prononcer, ces mots de braise qui consument le corps et l'esprit.

— Tu aurais mieux fait de rester chez toi plutôt que de venir m'annoncer que ma fille va mourir.

Charles V. se lève, fait quelques pas vers Fatou.

— Je suis venu pour qu'elle ne meure pas, dit-il en passant une main sur la joue de Fatou comme vers l'inconnu.

20

Ce matin, Yéri est aussi rieuse qu'une jeune hyène. À l'aide d'un long bâton, elle chasse les quelques mange-mil qui volent encore au-dessus des plants dévastés. Son rire égaie un moment la savane.

Charles V. a demandé à rencontrer sa fille. Fatou a refusé de se joindre à eux, redoutant le pire, craignant surtout de jeter la détresse dans le cœur de Yéri. Pendant quelques instants, ils continuent de marcher en silence, soulevant à chacun de leurs pas un fin nuage de poussière.

Baissant les yeux vers Yéri, Charles V. dit:

— Tu voudrais venir avec moi dans mon pays?

Yéri fait tournoyer son bâton dans l'air à la façon d'une majorette.

— Peut-être.

Charles V. attrape la baguette de bois au vol et l'enfonce dans la terre sillonnée de ridules.

— Fatou pourrait nous accompagner, elle aussi.

— On ferait quoi, chez toi?

Il sent tout à coup son âme se dilater.

— On te guérirait.

Yéri observe un moment de silence et puis tourne vers lui son regard.

— Je suis malade?

— Oui, tu es très malade.

— Ah! fait-elle, comme si cette révélation s'adressait au désert ou à l'invisible.

Elle saisit le bâton, le fait tournoyer à nouveau au-dessus de sa tête, se retourne en direction de Charles V. et laisse tomber d'une voix neutre :

— Je l'ai depuis longtemps, cette maladie?

— Moins d'un an sans doute. Tu te souviens d'être allée un jour au dispensaire de Gorom-Gorom?

Un curieux petit sourire s'accroche au visage de Yéri.

— Oui, je m'étais foulé une cheville en essayant d'attraper un margouillat par la queue. Je n'ai pas pleuré quand on a enfoncé l'aiguille dans ma jambe.

— Cette aiguille était infectée, Yéri, c'est elle qui t'a rendue malade.

— Je pensais que seules les aiguilles des insectes pouvaient rendre malade.

— Celles des hommes aussi, Yéri.

D'un signe imperceptible des yeux, Yéri signifie sa compréhension des choses. Charles V. dépose sur son front son premier geste d'amour.

Les jours suivants, il s'attelle aux préparatifs du retour, ce retour inimaginable et plein de dangers.

L'EXIL

21

Yéri s'est endormie dans la voiture qui file vers Frelighsburg. Depuis le départ de Ouagadougou, la veille, elle n'a pas fermé l'œil, hantée par le bruit des moteurs de l'avion, mais aussi fascinée par le ciel. Au ras du sol, le ciel lui semblait une immense maison vide et pleine de vent; contemplant le ciel du hublot de l'avion, elle eut l'impression de découvrir l'océan sans fin du Paradis.

Les jours précédant le départ, Yéri et Fatou s'étaient préparées sans entrain, s'abandonnant docilement à la résolution de Charles V. Pour Fatou, le sida était un «châtiment de Dieu», même si son cœur hurlait de rage. Fallait-il quitter l'Afrique? N'était-ce pas là, dans ce berceau du Mal, qu'il convenait de mourir si tel était le destin de Yéri?

Elle se mit à rêver que l'ombre béante de la mort se perdait au fond de l'océan comme une petite chose intemporelle et froide. Créature de la savane, Yéri ne mourrait pas au fond de l'océan, elle s'en fit intérieurement la promesse.

En ce début de février, un vent glacé balaie la route. L'hiver est en panne, c'est à peine si une mince couche de neige recouvre les champs. L'horizon paraît figé dans une nuit sahélienne. Dans une heure environ, ils atteindront le village de Frelighsburg. Là, ils séjourneront dans la maison de campagne de Charles V., désertée depuis l'été et où il ne se rend guère que sur l'insistance de Lucie. Toute cette verdure, toutes ces hautes herbes, ces collines silencieuses l'ennuient. Dans ce silence, il n'entend que lui-même, aussi ne s'arrache-t-il à la ville qu'avec résignation et mollesse. Dans cette maison bordée l'été d'un jardinet ombragé et de hautes futaies où sinue un ruisseau en pente, Yéri et Fatou pourront se réfugier en paix, à l'abri surtout des regards indésirables de Lucie. Elle ne reviendra pas à Frelighsburg avant juin. D'ici là, il aura le temps d'ébaucher un autre plan.

Pour l'instant, il s'agit d'arriver au plus tôt. Charles V. n'aime pas conduire la nuit, quand il faut sonder son chemin dans les ténèbres. En réalité, pour désarmer son angoisse, Charles V. a besoin d'un chemin étale et fluide qui glisse sans bruit dans un paysage irréel, vidé des contrariétés du monde. Yéri ouvre les yeux au moment où la voiture s'engage dans l'allée abrupte qui mène à la maison. Elle regarde avec satisfaction les collines tout autour, le verger pétrifié derrière la maison, une ferme au loin, la brume glacée qui rêvasse au-dessus du lac. Elle cligne des yeux comme pour jauger ce mélange de mystère et de transparence qui s'offre à son regard.

La maison est vaste, si large et si haute que Fatou et Yéri y pénètrent comme dans un lieu interdit. Charles V. désigne une chambre pour chacune d'elles. Elles se tiennent par la main, un peu intimidées, se disent quelques mots. Yéri prononce à voix basse :

— Je n'ai jamais dormi seule dans une chambre. Comment fait-on pour s'endormir ?

Fatou la rejoint bientôt sous les couvertures, se blottit contre elle, caresse son cou qui frissonne sous ses doigts. L'air est chaud dans la chambre, malgré le froid environnant, une chaleur incompréhensible. Dehors, une chouette passe dans une ondulation brève et moelleuse. L'air vibre dans la chambre, mais d'une vibration que Fatou ne reconnaît pas. La palpitation, sans doute, d'un autre ciel, peut-être moins halluciné.

22

Dès le surlendemain, l'attente commence. Yéri et Fatou passent leurs journées à espérer le retour prochain de Charles V. Elles découvrent leur nouvel habitat avec un mélange d'étonnement et de crainte. Tout leur paraît si étrange, comme si elles s'étaient abandonnées à une lente glissade vers l'inconnu. Cette blancheur énigmatique tout autour, on dirait qu'aucun horizon ne le borde, qu'il frôle partout les parois du vide. Comment imaginer qu'un brin d'herbe pourra poindre ici un jour, affleurer sous le vent?

Yéri fixe le lac de l'autre côté de la crête des arbres et, en arrière-plan, l'horizon taciturne des collines. Elle s'émerveille de toute cette lumière que le froid accompagne et qu'elle devine au travers de la vitre, qu'elle tapote d'une main malhabile. Le monde ici a l'air de mentir, de revêtir des formes trompeuses. Le soleil refroidit les collines plutôt que de brûler les hautes herbes; le vent fait s'entrechoquer les branches au lieu de chuchoter entre les feuilles; la pluie, boudeuse, n'est plus qu'une morsure glacée; le paysage a l'air de bafouiller, comme s'il s'apprêtait à faire demi-tour.

Bien sûr, elles ont quitté l'Afrique avec leurs seuls vêtements. On finirait par croire, en les observant davantage, qu'elles ont enfilé une pelure incommode qui les force à mener une vie retirée, à l'abri du froid. Elles ont bien tenté, un court instant, de s'aventurer au-dehors, mais une rafale sournoise a vite mis un terme à leur témérité. Depuis ce moment, elles se sont réfugiées à l'intérieur, immobilisées dans une délectation insouciante.

Pendant plusieurs jours, elles fixent leur regard sur l'écran du téléviseur, comme si elles sondaient dans son scintillement permanent la trace obsédante du dehors. Ce n'est qu'à regret qu'elles échappent parfois à cette emprise, pour filer en vitesse aux toilettes ou pour dormir. Déjà, elles prennent leurs repas devant cette source de rêveries, comme alanguies devant un paysage.

Dès l'aube, leurs corps se tendent vers l'écran, plus rien ensuite ne les soustrait à sa fascination perverse, aucun repos ne les attend. Quand la sonnerie du téléphone retentit, elles tournent vers l'importun une lippe maussade. Elles sont ensorcelées, privées de toute volonté, seul le sommeil parvient à rompre cette attraction servile qui se remet en marche aussitôt l'aube venue.

Il y a quelques instants à peine, le temps d'incliner ses paupières fatiguées, Yéri s'est approchée tout près de l'écran, attirée par la perfection d'une image : un troupeau d'éléphants se déplace dans la poussière jusqu'à un point d'eau, sans doute encore

enveloppé du parfum des tamariniers. Un éléphan-
teau, en retrait du cortège, lance un appel suppliant
pendant que, dans la mare boueuse, le reste du
troupeau s'ébroue dans une espèce de jubilation
tapageuse.

— Regarde, maman! s'écrie-t-elle. Des éléphants,
des éléphants en hiver!

Jusqu'à cette minute, l'éléphant était demeuré
un rêve pour Yéri; pas une seule fois sa silhouette
trapue n'a-t-elle, sous ses yeux, traversé la savane.
Elle reste longtemps à contempler cette vision, le
front collé contre l'écran. Elle cherche dans ses
souvenirs quelque chose capable d'égaler cette
image passagère.

Les voilà bien seules dans leur vaste maison
nichée au creux des collines. Dans leur petite maison de brousse, accolée à l'enceinte de la concession, chacun passe comme dans un pigeonnier,
offrant l'écho de sa voix aux nuages. À Frelighsburg,
il n'y a que de rares passants, qui ne s'attardent
guère sur la route en contrebas, allant droit, pressés
par quelques insondables besoins. Ici, il n'y a pas
de mil ni de sorgho à moudre, pas de nattes à tres-
ser, pas davantage de chèvres à conduire au pâtu-
rage, encore moins d'eau à tirer du puits. La vie y
est lisse, dépourvue des aspérités ordinaires de la
vie africaine, tellement légère qu'on ne saurait en
fixer l'invisible substance.

Durant ces premiers jours, Fatou et Yéri s'enli-
sent dans le silence, entre elles la mince frontière

des mots s'est diluée dans l'ennui, comme si la télévision avait accaparé la parole.

Bientôt, elles se sentent surchargées d'oubli. L'Afrique s'est perdue en elles, mais le monde aussi peut-être, ou simplement le réel. Heureusement, au bout du quatrième jour, Charles V. réapparaît.

23

Le lendemain, après les avoir équipées de bottes, de lourds manteaux et de mitaines de laine, Charles V. les conduit à Sherbrooke. Yéri et Fatou arpentent les couloirs de l'hôpital, emmitouflées dans leur armure toute neuve, essayant non sans peine de régler leurs pas sur ceux de Charles V. Pendant deux jours, ils déambulent ainsi d'une clinique à l'autre, vont et viennent dans tous les sens, soumettant tour à tour le corps de Yéri aux auscultations des uns et à la curiosité des autres. Bien après, quand Yéri est réduite à l'état d'un soupir, le verdict tombe d'un gosier grave, tel un oracle.

Un médecin grimaçant murmure pour lui-même des phrases qu'il veut sans doute garder muettes, la tête penchée au-dessus du dossier déjà gras-souillet de Yéri. Du murmure, pourtant, émergent quelques bribes mystérieuses que Charles V. capte involontairement : *lymphocytes CD4 à 200/mm³, charge virale à plus de 20 000 copies/mL.* Le reste, tout aussi dépourvu de sens, se perd dans un gro-gnement guttural.

— Cette enfant est mal en point, commence le médecin en mâchouillant nerveusement un crayon indocile. C'est une foutue maladie, le sida, hein! Quelle idée d'avoir tant attendu! Tant pis. On commence aujourd'hui même les traitements : 3TC, Éfavirenz et Saquinavir. Il faut suivre mes instructions à la lettre, vous comprenez. Il est possible que des effets secondaires indésirables apparaissent. Ne vous en faites pas, ils disparaîtront d'eux-mêmes au bout de quelque temps, sinon il suffira d'ajuster le protocole thérapeutique. On ne peut jamais savoir, tout cela est bien imprévisible. Allez, on se revoit dans un mois pour faire de nouveaux tests.

Le traitement antirétroviral ne met que quelques jours à plonger Yéri dans une sombre prostration. Elle n'a plus jamais sommeil maintenant, elle se plaint d'étourdissements et de nausées, de pénibles diarrhées l'enchaînent à son lit pendant plusieurs jours. Les journées s'écoulent ainsi dans une sorte d'inflexible dérive. Pendant que Charles V. s'inquiète de cette soudaine dégradation, Fatou s'enferme dans une mélancolie qui déforme peu à peu son visage. Dehors, l'hiver continue d'aligner sur le sol ses courbes arrondies. Bientôt la route aura disparu, dévorée par la neige, et puis il ne subsistera plus d'elle qu'un ruban lumineux.

Au bout de quelques semaines pourtant, alors que chacun s'est figé dans son rôle, un sourire apparaît sur le visage de Yéri, comme un tressaillement insaisissable d'abord, jusqu'à ce qu'il s'immisce dans son cœur et renaisse enfin dans ses yeux.

Les effets secondaires envolés, Yéri renoue avec sa bonne humeur coutumière et chacun est emporté par son entrain. Parfois, chaussés de vieilles raquettes, ils entreprennent de longues promenades dans la forêt, ils pique-niquent dans la neige au bord d'un torrent à demi gelé, avalent dans la bonne humeur des sardines à l'huile, tandis que Yéri, le nez au-dessus de son assiette, guette dans les maigres broussailles de l'hiver l'envol de quelques perdrix ou de simples moineaux.

Charles V. se surprend à aimer ces distractions anodines. Après quelques jours, il s'installe dans une monotonie enjouée. Toutes ses pensées sont occupées par la sensation délicieuse d'errer en bordure de ces instants désinvoltes. Yéri et Fatou ont fini, elles aussi, par succomber au charme de ces journées sans but, un peu ronronnantes, à la manière d'un chat caressé pour rien. Charles V. se rend un jour sur trois à Montréal, histoire de ne pas trop nourrir la suspicion de Lucie et de donner quelques instructions à ses collaborateurs au bureau. Un mois s'écoule ainsi, d'un trait. Yéri doit passer de nouveaux examens. Elle s'y soumet le cœur serré quand elle surprend dans les yeux de Fatou un brin d'inquiétude. Depuis un mois, pourtant, ses joues ont rebondi, le regard sans éclat d'hier a laissé place à un visage où resplendit à présent la gaîté.

Le même médecin qu'à leur première visite se tient devant eux, au milieu du désordre de son bureau. Sa tête est plate, son visage trop pâle sous un regard bleuté. D'un geste court, il saisit son menton.

— Voilà une bonne fille, commence-t-il par dire, en repoussant un dossier sur son bureau.

Trois paires d'yeux scrutent sa bouche qui s'entrouvre pour laisser passer quelques mots remplis de mystère :

— La charge virale est maintenant à un niveau presque indécelable. Le nombre de lymphocytes s'est élevé de façon significative. Bravo, jeune fille !

Yéri sourit timidement sans comprendre, tandis que Charles V., le cou tendu, s'interroge :

— Elle est donc guérie ?

— Holà ! Du calme ! Ce n'est pas si simple.

Charles V. et Fatou inclinent un peu leurs épaules dans un soupir navré.

— Non, elle n'est pas guérie, mais son état s'améliore. Son immunité s'est rétablie, ce qui veut dire qu'elle est maintenant en mesure de mieux résister aux infections opportunistes. Et puis, surtout, cela signifie que l'évolution vers le sida est ralentie.

Une fois de retour à Frelighsburg, ils ne ressentent plus aucune fatigue, juste une nonchalance enfantine, presque une ivresse.

Charles V. décide de ne pas chercher à deviner quel sera, à partir d'aujourd'hui, son avenir. Il se délecte de cette noirceur devant lui, comme d'une sorte de premier bonheur.

24

Un soir, au moment de s'endormir, Yéri chuchote une demande à l'oreille de Fatou :

— Amène-moi voir une école.

Fatou ne répond pas, en proie au doute autant qu'à l'inquiétude. Depuis un an, Yéri n'a plus jamais quitté son uniforme d'écolière de Kologh-Naaba. Au fil des mois, la fibre bleue s'est décolorée, la jupe a perdu sa raideur originelle et flageole un peu. Sous ce costume pourtant flétri, Yéri semble avoir mué hors d'elle-même, devenant peu à peu la locataire docile de cette seconde peau qui soulève les moqueries autour d'elle.

Sur le chemin ondulé qui mène au village, à cet endroit où la rivière disparaît sous un talus de branches basses, Fatou a repéré une école lors d'une récente promenade. Elles avancent doucement sur la route, Yéri marchant d'un pas trottinant aux côtés de Fatou, serrant sa main avec vigueur, car elle se méfie de cette mince pellicule glacée qui tarde à fondre sur la route.

Au cours des derniers jours, Yéri a retrouvé sa gaîté habituelle. Ce matin, elle est toute frémissante de gravité amusée. Elle bavarde sur toute chose : les voitures, les arbres, les oiseaux, la neige. Fatou, ignorante du monde nouveau qui l'environne, échafaude des réponses biscornues dont Yéri s'accommode d'un air satisfait.

Dès qu'elles franchissent la rivière, l'école leur apparaît au tournant, avec sa cour asphaltée qui la quadrille à l'arrière et où s'amuse une bande d'enfants. Fatou, qui redoute les railleries, enserre de son bras les épaules de sa fille. Une fillette grassouillette et au regard aimable se dirige vers elles. Arrivée à leur hauteur, elle dévisage Yéri d'un œil scrutateur et d'un ton exalté s'écrie, en empoignant ses cheveux sous son bonnet de laine :

— Wow ! Tu es drôlement belle !

Yéri recule instinctivement, incertaine du sens véritable du commentaire. Les yeux de la fillette abritent une tendresse souriante qui rassure aussitôt Yéri. À l'invitation discrète de Fatou, elle remercie sobrement.

— Tu as des yeux *génials*, ajoute la fillette, alors que d'autres enfants approchent, attirés par cette noire apparition.

— Tu viens d'où ?

— Du Burkina Faso, répond Yéri dans un demi-sourire.

— C'est où ça ? l'interroge en chœur la marmaille attroupée.

— En Afrique.

Avant de répondre, Yéri a jeté un coup d'œil furtif en direction de Fatou, comme pour se rassurer.

— Tu connais des lions? crie une voix sous les rires de ses congénères.

— Et des gorilles? suggère un drôle en mimant le primate.

La discussion s'étire un moment, allègre et désordonnée, jusqu'à ce que l'appel strident d'une cloche impose une fin précipitée. Yéri, vêtue de son uniforme défraîchi, visite ensuite l'école, soulevant sur son passage une vague d'approbation bonhomme au lieu des moqueries appréhendées. Fatou en éprouve un soulagement ému. Une joyeuse embrassade marque le moment de la séparation et Yéri a les joues illuminées à l'heure du départ.

Elles reviennent à la maison par le même chemin, délestées de leurs soucis, cependant que Yéri, si intarissable ce matin, demeure à présent obstinément muette. Fatou s'interdit de forcer ce silence et n'offre que sa seule présence en guise de conversation.

Quelques heures plus tard, alors que Fatou flambe des bananes plantains, elle entend la voix lointaine de Yéri déclarer:

— Je veux voir des lions.

L'Afrique n'est pas un zoo, ainsi qu'on l'imagine avec légèreté, loin des tropiques. Aussi bien, jusqu'à ce jour, jamais l'Afrique n'a-t-elle offert à la contemplation de Yéri la silhouette paresseuse du lion.

25

Yéri ne croisera ni le lion ni l'éléphant, elle ne parlera ni au gorille ni à sa descendance, ni à aucune des bêtes fabuleuses qui ont embrasé les yeux de quelques écoliers une semaine plus tôt. Quelques jours après sa visite à l'école du village, inexplicablement, son humeur a changé. Son regard devient gris, sa voix, tiède, elle se met à jeter sur ses repas un œil compassé, bref, elle s'étiole comme une plante qui repousserait le soleil.

Ce n'est pas la fièvre qui engourdit ainsi son esprit, ni la médecine des Blancs qui pervertit son cœur. Au fur et à mesure que les jours s'écoulent, un vide pernicieux s'engouffre en elle, creuse une trouée douloureuse là où, avant, régnaient le plein et l'entier. Yéri est tout à coup rassasiée de l'inconnu, une réalité éthérée et coutumière lui manque. Elle veut revoir l'Afrique, frayer à nouveau avec ce versant d'elle-même qu'elle nomme «mon petit Faso perdu».

Elle dit cela à haute voix, le répète plusieurs fois pour elle-même, comme si elle chuchotait les mots d'un livre. Pendant plusieurs jours, dans la

pleine lumière du printemps, elle cherche à retrouver le paysage de son pays. Des souvenirs remontent
en elle, qui sont un peu l'épure du monde d'où elle
vient, du monde qui sort de sa bouche.

Elle lance un appel muet du visage à cette
Afrique capable de faire miroiter un écran de verre,
de l'autre côté de l'océan. Elle s'approche de la
lumière caressante du téléviseur où elle ne reconnaît
pas les parfums mûrs de son village, les transpira-
tions végétales de la terre, là où les troupeaux ont
reniflé la poussière et brouté l'herbe rase.

Elle reste muette un long moment, la savane
burkinabée vient d'éclore dans sa tête, elle entend
le vent qui la fait onduler sous le ciel, et puis le
martèlement des sabots de zébus qui creusent des
sillons irréguliers sur la piste. Des images grossis-
sent dans sa tête et bientôt se querellent, lasses
d'être emportées si loin des rivages de l'Afrique.

Elle en est sûre, elle reverra bientôt son petit
Faso ; dans un hoquet involontaire, son cœur le lui
a dit.

26

Lucie se réjouit à l'avance de ce bref séjour impro-
visé à Frelighsburg. Elle n'y est pas venue depuis
juillet dernier, lors de la fête-anniversaire de sa
mère, et n'a renoncé qu'à contrecœur à sa visite
automnale habituelle. Cette fois, le voyage de
Charles V. à Toronto lui fournit l'occasion de profi-
ter d'un peu de la solitude de la campagne. Elle
reviendra à Montréal lundi matin, à temps pour le
retour de Charles V.

La campagne d'avril ne lui plaît guère, tous ces
arbres squelettiques lui paraissent bien sinistres.
Qu'importe, cette fois elle s'absorbera dans la lecture, réconfortée par la douce chaleur d'un feu de
bois. La maison est déjà en vue, l'ardoise rouge du
toit miroite au soleil. Au moment où elle éteint le
moteur, elle s'étonne de cette ombre fugace qu'elle
a cru entrevoir à la fenêtre. «Sans doute la réfraction
du soleil sur la vitre», pense-t-elle en ramassant ses
affaires. Cette porte déverrouillée, pourtant, la surprend plus encore et sème subitement l'inquiétude
en elle. Elle pousse craintivement la porte, tend le
cou, entend une voix. Au fond de la vaste pièce,

elle distingue une fillette noire allongée sur le canapé, face au téléviseur allumé.

Elle s'approche sans faire de bruit.

— Qui es-tu? crie-t-elle, postée devant l'enfant, les coudes serrés au ras du corps.

Yéri, effrayée par l'apparition de l'inconnue, lance un hurlement aigu qui force Lucie à porter ses mains à ses oreilles. Tel un animal traqué, Yéri s'enfuit dans l'une des chambres du rez-de-chaussée. Fatou, attirée par ses cris, fait maintenant face à Lucie, abasourdie par cette nouvelle apparition.

— Qui êtes-vous? Que faites-vous ici? lance Lucie sur un ton de défi.

Fatou devine alors que se tient devant elle la femme de Charles V. et qu'elle ignore sans doute tout de son existence et de celle de Yéri.

— Je suis une amie de Charles V. Il nous a invitées dans sa maison.

— Dans *notre* maison, corrige aussitôt Lucie.

— Je l'ignorais.

Lucie jette un œil irisé de colère sur Yéri, qui s'est entre-temps réfugiée dans le dos de sa mère.

— Qui est-ce? demande Lucie.

— Ma fille Yéri.

— Pourquoi mon mari vous aurait-il invitées?

— Pour soigner Yéri, elle est très malade.

— Je ne comprends pas en quoi la maladie de votre fille concerne Charles V.

— C'est sa fille, répond simplement Fatou, sans chercher à mesurer la portée de cet aveu.

Lucie reste hagarde un long moment. Ses yeux sont à fleur de tête, l'une de ses paupières s'est mise à palpiter bizarrement, donnant à son visage une raideur de tambour. Elle cherche à balbutier une phrase, de sa bouche sort maladroitement un mot, *quoi?* Dans une grimace angoissée, elle ajoute sur un ton d'injure:

— Mon mari n'a pas d'enfant. Surtout pas une enfant noire. Vous êtes folle!

Elle dévisage à nouveau Yéri, mortifiée dans l'ombre de sa mère. Qui pourrait en effet débusquer dans ces traits de houille le visage quasi transparent de Charles V.? Et puis ces yeux arc-en-ciel si beaux, qui admettrait sans rire qu'il pût un jour en être l'incroyable concepteur? Cette hypothèse n'est pas seulement saugrenue, elle est hallucinante.

— Je jure que Yéri est la fille de Charles V. Sinon, pourquoi se donnerait-il tout ce mal pour deux Africaines?

Ce dernier argument, lancé comme au théâtre, ébranle l'entêtement de Lucie. Elle connaît le peu d'empathie de Charles V. à l'endroit de l'Afrique, elle jauge mieux que quiconque son incapacité foncière de faire l'aumône de lui-même, aussi soupçonne-t-elle une manœuvre de chantage. Le long récit que fait ensuite Fatou de son histoire finit cependant de convaincre Lucie de la véracité des faits et, du même coup, de la tromperie dont elle est la victime bouffonne depuis de longs mois.

Fouettée par ces révélations, Lucie reprend rapidement ses esprits. Tout maintenant lui apparaît sous la lumière crue de la rancune. L'heure n'est plus à la stupéfaction. Lucie conclut, avec un sentiment de libération bienfaisant, qu'elle doit aussitôt s'adonner à une riposte vengeresse. Elle dit, avec une évidente griserie :

— Faites vos valises et déguerpissez immédiatement.

Impuissante, Fatou ne peut opposer à la résolution de Lucie qu'une obéissante détresse. Il faut bien peu de temps aux deux importunes pour rassembler leur maigre bagage. Quelques minutes plus tard, voilà leur exil rabougri rangé au fond de deux valises. Elles marchent sur la route où la neige commence à tomber. Une neige de fin d'hiver, maigrelette et folle, un ciel paralysé de bruine, deux femmes toisées par la fin du monde.

Lucie, assise au salon, pose ses mains sur ses genoux et, sans qu'aucun frisson émeuve son visage, contemple la haine qui déforme ses doigts.

27

Il se dira bien plus tard que cela aurait dû lui paraître suspect. Deux bouquets d'azalées trônent de chaque côté du vaste salon. Charles V. hume l'air en fermant les yeux un moment. Est-ce le vent des tropiques qui chatouille ainsi son menton? Il croit entendre un bref instant le battement d'ailes si vif d'un colibri. Lucie ne supporte pas l'odeur des fleurs. La vérité, c'est que leur inutilité offense son goût de l'ordre. Il se contente d'un soupir amusé. Pourquoi du reste se préoccuperait-il d'un fait aussi anodin?

Il sifflote un air démodé lorsqu'il ouvre la porte qui mène à son bureau. Un ululement sec traverse alors sa gorge, l'étouffant presque tant cette vision l'étourdit: son bureau n'est plus qu'un champ de ruines. Une vague haineuse a tout emporté, laissant sur le sol un fatras indicible. Affolé, il s'élance à la cuisine où Lucie resplendit au-dessus de son reflet, sur le marbre du comptoir.

— C'est épouvantable, mon bureau est complètement détruit. Il faut appeler la police.

Charles V. a déjà porté son cellulaire à son oreille quand Lucie saisit son bras.

— Laisse tomber, Charles, c'est ta vie qui est détruite.

— Quoi?

Lucie recule silencieusement pendant que sa silhouette semble glisser sur la mare ténébreuse du comptoir.

— L'Afrique vaut bien une petite colère, surtout quand elle s'invite dans notre maison.

Un frémissement malicieux a empesé ses traits quand ces mots ont quitté sa bouche. Dans sa passion vengeresse, Lucie a dévidé d'un trait son venin.

En une fraction de seconde, Charles V. a tout compris.

— Tu es allée à Frelighsburg?

— Une impulsion soudaine.

La réponse est venue comme un jet de pierre.

— Tu les as chassées, j'imagine.

Lucie fait oui de la tête.

— Où sont-elles?

— Qu'est-ce que j'en sais! En route pour l'Afrique, peut-être?

— Tu es folle! Elles ne connaissent personne, elles n'ont pas un sou.

— Elles peuvent bien crever, *tes* négresses.

Quand sa main a terminé de s'abattre sur le visage de Lucie, Charles V. est déjà en route pour Frelighsburg. Il n'a pas vu ce filet de sang qui, sur la bouche de Lucie, dessinait une ombre insolite.

28

Charles V. se rend d'abord à sa maison de Frelighsburg. En route, il a essayé de mettre un peu d'ordre
dans ses idées, d'éventer son cerveau. C'est peine
perdue. Tout s'emmêle à présent dans sa tête, une
drôle de résonance palpite contre ses tempes. Il est
sur le point d'éprouver une lassitude infinie quand
il découvre dans la chambre de Yéri, abandonné
sur le sol, son album de photos. Seulement des
images de neige, des champs désertés, un monde
évidé d'humains, comme cette maison désormais.

Il est trop tard à cette heure pour entreprendre
des recherches. Charles V. décide de dormir. Il est
tellement fatigué de toute façon, si proche de l'hébétude.

Dès son réveil, il file au village à la recherche
d'un témoin de leur fuite, passe d'un lieu à l'autre,
porteur toujours des mêmes questions. De temps
en temps, il interroge un passant. Personne n'a rien
vu, on dirait que l'hiver finissant a effacé toute trace
de leur passage. Il est sur le point de s'abandonner
au découragement lorsqu'un cycliste printanier
s'arrête à sa hauteur.

— C'est vous qui cherchez deux femmes noires?

— Oui, vous les avez vues?

L'homme réajuste son casque et fait un pas en avant.

— À quelques kilomètres d'ici, ce matin, au carrefour de la route qui monte vers Dunham.

— Elles étaient seules?

— Ouais. À dire vrai, elles montaient dans une camionnette.

— Vous en êtes sûr?

— Évidemment, même que c'était écrit *Abbaye Saint-Benoît du Lac* sur l'une des portières. Ils ne s'ennuient pas les moines, hein!

Charles V. regagne en courant sa voiture et roule le long de la rivière Missisquoi, en direction de Mansonville. Quand il approche de l'abbaye, il aperçoit un moine qui traverse le stationnement, les bras plongés sous sa bure. Aussitôt il l'interpelle:

— Hé, vous!

Le moine, figé sur les gravillons, le regarde d'un air vexé.

— C'est à moi que vous vous adressez, jeune homme?

— Excusez mon impolitesse, mon père, je suis un peu nerveux. Je suis à la recherche de deux personnes. Elles ont disparu.

— Ah!

— Deux femmes noires, je veux dire une femme et une fillette.

L'homme, ému, porte une main sur son cœur.

— Oui, bien sûr, les pauvres, elles sont chez nous. Les moines sont les pères du désert, vous savez, l'hospitalité est notre règle. Allez voir Dom Robert, il vous mènera à elles.

Dom Robert loge au bout d'un labyrinthe tapissé de mosaïque. Il parle avec fébrilité, dans un afflux de sang qui brouille son regard, comme au fond d'une bouteille.

— Je vous conduis à leur chambre. C'est si triste. Pauvres femmes. L'enfant surtout. Si loin de chez elles. Seules. Heureusement, Dieu les a mises sur notre route.

Aussitôt qu'elle l'aperçoit, Yéri se jette dans les bras de Charles V. avec un élan si vigoureux qu'il en éprouve un malaise. Fatou, un peu à l'écart, ne bronche pas, mais un sourire minuscule commence à poindre au coin de ses yeux quand Charles V. s'approche d'elle et dit avec douceur:

— Tout ira bien maintenant.

Elle hoche la tête, un peu hésitante. Puis elle sourit à nouveau, paraît gênée d'être là.

— Nous repartons à Frelighsburg, annonce Charles V.

Fatou ne semble pas enthousiaste à cette idée, comme si elle se méfiait de la suite des événements. Tiraillée, Yéri s'interdit de parler.

— Cette fois, je reste avec vous deux. Plus personne ne vous chassera.

Fatou se lève d'un bond, s'approche de Dom Robert, le remercie d'une courte révérence:

— Nous devons partir maintenant.

Elle semble si sûre d'elle-même que Charles V. fait un effort surhumain pour qu'elle ne lise pas sur son visage le désarroi enfantin qui venait de l'envahir.

29

Il y a bien longtemps que Charles V. a rêvé de Fatou. Un moment bienheureux qu'il ne saurait dater, à moins de creuser longuement dans sa mémoire fatiguée. Ce matin, ce rêve l'oppresse un peu d'ailleurs. Il s'éveille, le cœur affolé, le ventre comme hérissé sous le corps nu de Fatou.

Elle est assise sur lui, ses mains à plat sur ses cuisses.

— Tu dors toujours aussi profondément, dis donc.

Ce sont ses premiers mots, lâchés dans un soupir amusé. La déesse noire d'autrefois est telle aujourd'hui qu'il en a conservé l'empreinte émerveillée au fond de son cerveau. Son corps surgit à cet instant du passé, pour rapetisser le temps. Elle est encore jeune, moins de trente-cinq ans sans doute, à peu près son âge. Ses hanches luisent comme des fougères, réveillant chez Charles V. l'attirance vénéneuse de jadis.

— Ça te plaisait bien autrefois.

D'une main experte, avec une extrême légèreté, elle glisse son sexe en elle. Ses seins rebondissent

119

sur sa poitrine à chaque ondulation de ses hanches. Elle se décharge de son cœur, pense Charles V.

— Je crois que tu es bien réveillé maintenant.

Sa peau se couvre d'une sueur presque invisible, onctueuse. On dirait de la neige fondue. Charles V. ne bouge pas, il s'abandonne à l'étau tiède des jambes et des bras de Fatou.

— Tu fais ça pour rembourser une dette ou parce que tu m'aimes ?

Ils bougent à peine maintenant, se regardent silencieusement, dans la même respiration profonde, délicieuse. Dehors, le printemps verse sur le monde des couleurs médusées.

— Une Africaine ne confond jamais l'amour et le sexe. Si elle l'oublie, elle est perdue.

Elle s'incline doucement, cabre le dos dans un halètement sec.

— Et ça, c'est quoi ?

— Un souvenir, Charles, rien qu'un souvenir, soupire Fatou.

Charles V. sent les seins de Fatou glisser sur son visage, telles des grappes pesantes séparées de leur tige. Il la caresse, sans hâte, et avec frénésie tout à coup.

Les mains de Fatou le cherchent, possédées par un tremblement qui secoue bientôt tous les muscles. Charles V. ferme les yeux, son esprit vacille, à la périphérie du vide.

— Je t'aimerai, Charles V., un jour, peut-être, je t'aimerai.

Après, elle quitte la chambre, lézardée, dirait-on, par les mots qu'elle y a laissés.

30

Les jours précédents, rien n'avait laissé présager l'espèce d'atonie têtue dans laquelle Yéri est maintenant plongée. Depuis ce matin, elle arbore une lassitude endeuillée qui lui donne un air de vaincue. Ce n'est pas qu'elle soit triste, c'est plutôt qu'elle affecte la mine passivement résignée de ceux qui sont désormais sans désir.

Elle est allée faire des courses au village ce matin avec Charles V. Elle est restée obstinément muette, le visage lourd, étouffé de secrets. Quand la directrice de l'école l'a saluée, en exhibant fugacement un sourire, elle a écarquillé les yeux, tête baissée, prête à s'enfuir, sinon à disparaître. Charles V. eut beau tenter de la secouer d'un rire, elle refusa de succomber à cet insouciant appel.

Au bout d'un moment, Fatou s'entoure elle aussi d'un mur de silence, comme sous l'emprise d'une obscure vision. Quand elles apparaissent côte à côte, on dirait de doux fantômes promenant sur le monde un regard liquide et sans mesure. Leur silence intimide Charles V., ce silence qui semble emprisonner les jours dans une épaisse désolation.

Il finit par s'impatienter et s'écrie d'une voix orageuse :

— Ça suffit à la fin, ce silence ! J'ai l'impression d'habiter le désert !

Fatou tourne lentement la tête vers lui, en lui jetant un regard adouci.

— Justement, on aimerait bien retourner au Sahel.

Charles V. fait un geste de la main, comme s'il se mettait à l'écoute d'un secret :

— Quoi ?

— Nous voulons retourner à Aribinda. Notre place n'est plus ici.

Fatou se tait à nouveau. Elle sourit à présent, de son regard inondé de vert mousse, paumes ouvertes, sûre de sa force, si humblement offerte. Yéri, sans un bruit, est venue se glisser dans les bras de sa mère.

— Toi aussi, tu veux repartir ? demande Charles V.

La première réponse de Yéri est remplie d'émoi. Elle plonge son regard dans celui de Fatou et l'en ressort comme si le bonheur ne pouvait vivre en elle, comme s'il était son dehors.

— J'ai besoin de ma savane.

— Tu n'es pas bien ici ?

— Chez moi, je meurs du sida ; ici, personne ne peut me guérir de mon pays.

Charles V. passe une main dans les cheveux de Yéri, sent glisser sous ses doigts les boucles drues, essaie tant bien que mal de deviner les mots qu'il convient de dire et, surtout, ceux qu'il faut à tout prix chasser de son esprit, pareils à de mauvaises fêlures. Il voudrait tant ne laisser derrière lui aucune ombre, pas même celles que laissent un bref instant dans la poussière les rêves perdus.

Après un long moment d'hésitation, quand la tristesse a fini par creuser en lui un large vide, il trouve la force de dire :

— Dans ce cas, vous devez rentrer.

Il esquisse un geste, misérable et presque suppliant, et ajoute dans un hochement de tête piteux :

— Et moi, rester.

Il sort, rôde dehors durant de longues minutes, cherchant dans le lointain quelques raisons d'avancer, poussant son corps à l'aveuglette parmi des lueurs contrariées. Des voitures le dépassent, en même temps qu'un vol d'outardes en ombre chinoise dans le ciel lumineux, suivi d'un autre aussitôt après. Il ferme les yeux un instant. Derrière lui, les oiseaux ont disparu. Il entend encore le frottement de leurs ailes, précédé de leurs cris. D'une main légère, mais sûre, il écarte les ombres qui lui barrent un pan du ciel à la verticale. Il erre à présent, sans boussole, sur cette route qui, pour la première fois, ne le conduit nulle part.

31

Charles V. possède une solide disposition au désenchantement. Le désarroi resurgit en lui avec la régularité d'une comète. Il a tout à coup dans le regard des miettes de solitude et d'oubli. Le voilà à présent saisi d'une mélancolie confuse qui le prive de tout élan, l'entortille en lui-même, dans une espèce d'opacité sourde qui le jette dans l'antichambre du désespoir. C'est sa façon à lui de dialoguer avec le ciel, d'être en querelle avec le vide.

Fatou et Yéri ont rejoint l'Afrique depuis maintenant une semaine. Il décide de quitter Frelighsburg où flottent des vapeurs abandonnées, peut-être des présences froissées. Il s'est fait signe à lui-même de partir pour ne plus jamais revenir.

À Montréal, il s'installe dans un hôtel à la mode du centre-ville, à quelques pas de son bureau. L'endroit est un îlot d'entière pureté, d'une froideur intemporelle et délicate, où passent en chuchotant des bataillons de visiteurs pressés. Il se sent à sa place dans ce théâtre où règne une élégance désinvolte. Ici, il lui suffit d'arborer les signes tempérés de l'ennui pour n'être jamais remarqué.

Au bureau, il traîne ses soupirs comme autant de désordres à fleur de peau. Par instants, il donne l'impression de se désencombrer d'un bagage devenu indésirable. Il a l'air d'avoir rompu les amarres avec l'Afrique. Il a débarrassé son bureau de tous les souvenirs qui ensorcelaient ses murs. Il déserte les réunions sans prévenir, lance par bouffées des cris bizarres, bégaie des politesses à la cantonade, laisse parfois échapper d'imprévisibles petits rires, pareils à des pépiements, qui lui donnent des airs d'images pieuses, bref, on pourrait croire qu'il démaquille son âme.

Il n'a pas revu Lucie depuis leur dispute. Elle veut divorcer. Il n'y voit pas d'inconvénient. Leurs avocats facturent honteusement leurs conciliabules, mais il n'en a cure. «Bon débarras», pense-t-il, en froissant ses mains.

Il travaille jusque tard dans la nuit. Un matin, sa secrétaire le surprend endormi sur le canapé de son bureau.

— Vous avez passé la nuit là-dessus?

Il se frotte les yeux, lève la tête comme s'il s'agissait d'une autre que la sienne. On pourrait penser qu'il se pâme.

— On dirait bien. C'est étrange, je ne me souviens pas de m'être endormi.

Il est dans ses pensées comme dans un vêtement étranger. Il se lève, se dirige au-dehors, marche sous le jour grisâtre en rasant les murs, entre dans un café, déverse son corps sur une banquette et commande un double espresso. Au moment où son regard croise celui d'une fillette, il lui semble qu'un grand silence est tombé en lui, en même temps qu'une joie imprévisible, presque liquide.

Au fond de lui, Charles V. s'entend prononcer le nom de Yéri. Il n'a pas vu, au même instant, naître sur son visage le drôle de graffiti d'un sourire.

32

Fatou a fait venir un marabout de Dablo. Il incarne pour elle l'antithèse de la médecine des Blancs, dont les sortilèges compliqués ne sont qu'illusions à ses yeux. Poussée par les souvenirs nourriciers de son enfance, elle confie le sort de Yéri à cet homme frêle, édenté et sans cesse agité de spasmes qui fait maintenant des rondes bavardes autour du lit où repose sa fille. Il a d'abord posé ses mains au-dessus de la tête de Yéri en tremblant, les yeux clos, comme s'il contemplait le Mal au fond de lui-même.

— Des esprits rongent le cœur de cette enfant, a-t-il conclu, les paupières toujours closes.

D'un sac de toile accroché à son épaule, il tire tout à coup une étrange pharmacopée. À l'aide d'un pilon de pierre, il se met à préparer d'énigmatiques décoctions tout en énumérant les différentes composantes de sa posologie.

Afin de combattre la fièvre, il fera croquer à Yéri des feuilles de niki et peut-être, ensuite, devra-t-elle boire une tisane faite de feuilles d'albizia. La diarrhée sera combattue à l'aide d'une tisane de

noix de cajou et, pour vaincre les possibles palpi-
tations du cœur, il préconise une décoction à base
d'écorce de tama bouillie et de bile de bœuf. Une
préparation composée d'écorce de yala, peut-être
même de rauwolfia, mêlée à des feuilles de verno-
nia, devrait, quant à elle, venir à bout des maux
d'estomac, tandis que des gousses broyées de maniguette fouetteront l'organisme affaibli de la jeune
malade.

Le marabout verse un à un les divers liquides
ainsi que la pâte de maniguette dans la bouche de
Yéri et attend un peu, en retrait, que son corps lui
adresse un signe. Le corps de Yéri peut maintenant
s'abandonner aux élixirs de l'Afrique, à la sève de
la terre millénaire dont elle a surgi. Fatou implore
le ciel d'Aribinda pour que les remèdes du marabout, telle une main rédemptrice, chassent du sang
de Yéri l'amer venin des Blancs et, avec lui, la
vanité abjecte qui est à son origine.

Pendant quelques semaines, le marabout rend
visite à Yéri et, selon un cérémonial invariablement
répété, lui prodigue ses soins inépuisables. Il va
même, un jour, jusqu'à suspendre un gris-gris au
cou de Yéri en formulant une incantation comprise
de lui seul.

Un matin, tandis que la mousson déverse en
grappes ses premières pluies sur les collines, le
visage de Yéri est visité par un sourire. Ce sourire
a éclos si brusquement que Fatou, tout d'abord, a
cru y voir un rictus de douleur. Ce reflet de nacre

sur sa joue d'ébène, sur ce masque noir devenu muet à force de souffrir, c'était bel et bien pourtant l'amorce de la joie retrouvée. Yéri sourit à belles dents maintenant, elle sautille même, toute fraîche dirait-on, libérée de la fièvre et des tremblements, légère comme une feuille d'acacia. Pendant deux jours, le village tout entier célèbre cette soudaine résurrection; étourdi, il fête la sagesse des marabouts, la puissance des plantes médicinales. L'Afrique · peut relever la tête, battre du tambour de village en village, danser sous la pluie nouvelle. Il est si rare que l'Afrique tourne le dos au malheur, elle peut bien dévisager le bonheur pour une fois.

À la suggestion d'une infirmière itinérante, un échantillon du sang de Yéri est envoyé à Ouagadougou pour analyse. Mais à quoi bon, pense Fatou, puisque Yéri est guérie. D'ailleurs, deux semaines plus tard, les résultats confirment son optimisme : la charge virale a diminué, tandis que le nombre de cellules CD4 a augmenté.

Pourtant, quelque temps après, Yéri est à nouveau accablée par la fièvre. Épuisée, elle doit s'aliter. Sur sa peau, d'étranges arabesques apparaissent. Et puis, le diagnostic tombe, impitoyable et noir : hépatite B et dermatose.

Le lendemain, dès l'aube, Fatou se rend au bureau de poste de Gorom-Gorom. Son cœur bat à se rompre lorsqu'elle saisit le téléphone, mais sa main tremble encore plus fort que son cœur.

33

— Sauve ma fille et je t'aimerai toujours.

Ce furent ses derniers mots au téléphone, peut-être même les seuls qu'elle prononça ce jour-là au bureau de poste de Gorom-Gorom. *Je t'aimerai toujours*, elle avait dit ces mots redoutables dans une sorte de hurlement occulté. Charles V. écouta ces mots dans une stupeur tacite. L'Afrique soudain se mettait à l'aimer, à l'appeler au secours, lui qui, jusque-là, dans l'obscurité de sa vie, ne pouvait démêler les visages de l'Afrique de ses propres chimères, lui dont l'affection pour autrui n'avait jamais été qu'un feu de fortune.

Quand il débarque à Ouagadougou, Charles V. a la tête pleine de doute et d'effroi. Le voilà seul, replongé dans la caverne africaine, en quête de sa fille mourante. Ses actes se sont attachés les uns aux autres pour le conduire à nouveau ici, telle est sa conviction au moment où le taxi l'emporte à l'hôtel. Allergique à l'inconnu, Charles V. se fait conduire au Palm Beach où le rejoindra demain Mustapha. Avant de passer au lit, il avale d'un trait un verre de whisky. Il boit ensuite jusqu'à ce que l'alcool l'engourdisse et que sa tête sur l'oreiller bascule comme un pendule.

Au matin, Mustapha le rejoint à la terrasse de l'hôtel, près de la piscine. Charles V. ingurgite distraitement quelques tasses de café avant de s'attaquer à une mangue arrosée d'un jus de lime.

— Ce ne sera pas facile, cette fois, toubab, commence par dire Mustapha.

La saison des pluies a débuté en avril dans la région de Ouagadougou, transformant peu à peu la ville en champ de boue. Dans la province sahélienne de Soum, plus au nord, la mousson est commencée depuis deux semaines, mettant fin à la sécheresse de la dernière année. Les pistes sont impraticables, souvent emportées par la crue des rivières. Par endroits, les oueds sont devenus des fleuves. Les pluies diluviennes qui tombent depuis deux semaines ont creusé dans la savane d'immenses marais aux frontières mouvantes.

— Comment faire alors pour se rendre à Aribinda? interroge Charles V.

Mustapha, fixant le ciel sous son chèche, répond:

— Jusqu'à Ziniaré, la route est encore praticable. Après, il faudra attendre.

— Attendre! Mais attendre quoi?

— C'est Allah qui gouverne le *céoro*, toubab. La saison des pluies appartient au ciel, pas aux hommes.

— Je dois rejoindre Aribinda au plus tôt, Mustapha, tu comprends, au plus tôt.

— Je sais, toubab.

Charles V. l'interpelle à nouveau, incapable de dompter son exaspération.

— Quand pourrons-nous partir?

Mustapha porte son regard au-dessus de l'enceinte de la terrasse, là où la pluie assiège la ville.

— Demain, si Dieu le veut, toubab, répond Mustapha, avant de se lever et de se diriger d'un pas lent au-dehors.

34

Dans la grisaille de sa chambre, sous le toit de tôle ondulée sur laquelle tambourine la pluie, Yéri est prise de convulsions qui secouent son corps comme celui d'un criquet. Parfois, dans la pénombre, s'ouvrent ses grands yeux qui scrutent lentement les silhouettes tournoyant autour d'elle : Fatou, dont l'air renfrogné sert à masquer son désespoir ; sa grand-mère Bilwiugu, accrochée en permanence à son chapelet et qui scande des heures durant la même litanie, *morré, morré*, assurée que seul le marabout peut venir à bout des esprits qui rôdent autour de Yéri ; les sœurs de Fatou, appelées à la rescousse ; des enfants du village, qui viennent en bande distraire Yéri quand la fièvre s'éloigne un moment.

Quand l'harmattan souffle sur la savane, l'odeur des balanites pénètre dans la maisonnette. Yéri en respire l'odeur voyageuse, c'est sa façon à elle de visiter la savane, de s'aventurer jusqu'aux steppes broussailleuses, d'échapper un instant à l'œuvre de destruction.

Ce matin, elle a souillé son lit, une béance visqueuse est apparue sous ses cuisses, chassant l'odeur des balanites, pendant que Bilwiugu, dehors, continuait de lancer son cri de sorcière sous le déluge : *morré, morré.*

Yéri ne veut plus recevoir le marabout, elle exècre le goût âpre de ses potions qui, chaque fois, lui donnent envie de vomir. Depuis quelques jours déjà, les mixtures secrètes se sont enfuies avec le marabout, au milieu du vaste désert. Fatou, alors, s'est assise sous un arbre au centre de la courette et a défié le ciel.

— L'Afrique est un châtiment de Dieu ! a-t-elle crié avec fureur.

La pluie dessinait un cercle de glaise autour de l'arbre.

« La vie aussi », pensa encore Fatou, en enfonçant dans sa chair une épine tranchante jusqu'à ce que du sang se mêle à la terre.

35

La pluie a cessé depuis quelques heures lorsqu'ils arrivent à Bani. Les radiers débordent encore des pluies des dernières semaines, mais cette pause du ciel redonne vie aux habitants. Une brume errante se forme au-dessus de Bani, laissant entrevoir quelques-uns des minarets des sept mosquées du village.

Face à la grande mosquée, Mustapha a trouvé un lieu où se reposer. À l'heure du repas, ils se nourrissent d'une carpe achetée au marché, qu'ils accompagnent d'un peu de riz et d'une pâte d'arachide. À la fin de l'après-midi, la pluie a repris de plus belle dans un bruit d'éclats de verre, plongeant à nouveau le petit fief sahélien dans une brume fantomatique et froide. L'air devient rapidement irrespirable, chargé d'émanations fétides.

Il est plus de minuit quand Charles V. regagne sa chambre imprégnée d'une forte odeur de moisissure. Du tapis en fil de coco, un insecte aux grands élytres s'envole au moment où il en franchit le seuil. Dans une boutique, un peu plus tôt, il s'est procuré les quelques fournitures de base nécessaires à la suite de l'expédition. Pour l'instant, prisonnier de Bani, son esprit est chagrin et rêveur. Cette prostration forcée, l'angoisse grandissante qui l'accompagne, mettent son esprit en lambeaux. Ses peurs et ses doutes trottinent en file indienne dans sa tête. Heureusement, le whisky vient à bout de sa contrariété comme d'ailleurs de sa répulsion malicieuse de l'Afrique. En réalité, Charles V. déteste l'Afrique comme les enfants certains plats, d'une détestation heureuse et sans raison. Il sent son cœur s'endurcir sous la morsure du Sahel. Ne sent-il pas déjà grandir en lui sa haine à l'égard des hommes qui répandent la mort sans honte, dans l'élargissement de soi que procure l'innocence? L'Afrique lui fait peur, mais moins que ce sentiment mauvais, cette trouée menaçante qui détache son âme du monde.

Il regarde les lignes de sa main, la piste rougeoyante et sinueuse qui monte jusqu'à l'amorce des doigts et s'enfonce sous les nerfs. Il s'endort, l'Afrique plantée entre ses doigts.

36

Pendant deux semaines, la pluie continue de s'abattre sur Bani et la savane, ensevelissant la route d'Aribinda sous un fléau de boue.

La première semaine, Charles V. devient triste à faire tomber la lune. La vie s'est mise à rapetisser autour de lui, comme un fluide abandonné au grignotement du temps. Un matin, l'idée lui vient subitement de mourir. Perplexe devant la suite des choses, il juge plus raisonnable d'injurier les cieux. Après de vains essais, il renonce à déverser sa colère contre le ciel, rassasié de tant de mélancolie. Certes, une rafale haineuse s'empare parfois de lui, le poussant à maudire fugacement cette mousson qui le sépare de son but. Cela passe comme une rêverie chagrine.

— À quoi bon, songe-t-il, la pluie inonde ce pays depuis la nuit des temps !

Certains jours, sur le point de suivre les nuages qui transportent au loin le déluge, il marche sans but à travers les labyrinthes de Bani, ses pas le ramenant invariablement à son point de départ. Bientôt, ses vêtements trempés collés sur sa peau le brûlent autant qu'un tison. Mustapha, avec une douce pitié, le raccompagne alors à sa chambre et frictionne ses épaules d'une pommade d'huile de karité. Charles V. feint de maugréer un moment et puis offre avec résignation ses muscles endoloris aux tapotements de Mustapha.

Un matin, il accompagne Mustapha à la mosquée de la Bénédiction, perchée sur l'une des collines entourant le village. Sous la voûte des arcades, il incline la tête, intimidé par la beauté des lieux. Dans la salle principale de la mosquée, la foule des croyants répète à l'unisson une prière dont la rumeur mystérieuse fait bourdonner comme un cœur la voûte de banco. La prière monte, éclairs et chants mêlés, l'air se brise sous l'assaut des voix, une fente infime perce l'âme de Charles V. pour que l'Afrique enfin s'y glisse. Après la prière, la foule quitte la mosquée en bancs serrés. Près de l'entrée, un homme jeune égrène son chapelet en piétinant le sol de ses mocassins. Quand Charles V. passe devant lui, l'homme pose une main sur son épaule.

— Tu as besoin d'aide, *nassarah*?

Charles V. est bel et bien un étranger ici, même s'il enfile avec un naturel surprenant l'accoutrement du Targui. Il ne s'offusque pas d'être ainsi abordé par un inconnu, d'être rappelé à l'ordre.

— Comment pourrais-tu m'aider? demande Charles V., intrigué.

— Tu as besoin de médicaments pour soigner ta fille.

L'homme savoure ce moment d'effarement qu'il voit apparaître sur le visage de Charles V. Celui-ci fouille scrupuleusement le visage de l'inconnu.

— Comment sais-tu cela?

— Au Sahel, pour survivre, il faut tout voir et tout savoir, comme la hyène.

Mustapha s'est rapproché d'eux et fixe l'homme d'un air soupçonneux.

— Je peux te conduire là où tu pourras acheter des médicaments, poursuit l'homme en tentant de se soustraire au regard de Mustapha.

— Je l'y conduirai moi-même, s'interpose aussitôt Mustapha.

— Comme tu veux, mon frère. Mais cela te coûtera 45 000 francs CFA, étranger.

— Dis-moi d'abord ce que tu sais, je te paierai ensuite.

L'homme ne bronche pas, pelotonné dans son mystère. Il penche son visage vers celui de Charles V. et dit d'une voix basse:

— Rends-toi à Sikasso, au Mali. C'est à cent kilomètres environ de Bamako, tout près de la frontière du Burkina. Là-bas, une ONG malienne distribue des médicaments gratuits aux sidéens.

— Si ce que tu dis est vrai, pourquoi aurais-je besoin de toi?

— Les médicaments sont gratuits pour les Maliens, pas pour les Burkinabés, encore moins pour les étrangers. On refusera de te les vendre. Mais, avec mon aide, tu seras reçu comme un Malien.

L'homme écrit sur un bout de papier le nom d'un ami qu'il faudra contacter à Sikasso. Charles V. observe ses mains, longues et effilées comme les feuilles du manguier.

— Vois cet homme. Il s'appelle Amadou, d'autres le surnomment l'Égyptien. Il raconte qu'il est né à Deir el-Bahari et qu'il serait un descendant de la déesse Hatchepsout. Mais ça, c'est des histoires, il est aussi Malien que moi. Quoi qu'il en soit, dis que c'est Ousmane, de Kaya, qui t'envoie. Il te vendra tout ce que tu voudras.

— Pourquoi te ferais-je confiance? demande Charles V. en glissant le bout de papier sous son ceinturon.

— Parce que l'Afrique est désormais tout ce que tu possèdes, *nassarah*.

Lorsque Charles V. se retourne quelques secondes plus tard, Ousmane a disparu. Il découvre alors que l'Afrique vibre au fond de lui comme une autre solitude.

37

Pendant plusieurs jours, des nuages continuent de s'amasser au-dessus de Bani, prenant possession du monde. Chaque jour, à la recherche d'une improbable éclaircie, Charles V. regarde au loin, si loin qu'au fond de ses pupilles le ciel s'entoure des lueurs de l'inconnu.

Vient un matin où la pluie cesse enfin. La crue du ciel, soudain endiguée, donne enfin le signal du départ, se réjouit Charles V.

— Non, toubab, on ne peut pas partir, déclare Mustapha d'un ton autoritaire.

— Pourquoi pas? Voilà trois semaines qu'on est prisonniers de cette inondation. J'ai assez perdu de temps comme ça.

— Il y a des marigots partout sur la route après Dori. La jeep s'y noiera si on tente de partir maintenant. Il faut attendre.

— Attendre, mais attendre quoi?

— Que la route s'assèche un peu, toubab, juste un peu.

L'attente dure trois jours encore. La route de terre qui conduit à Dori est obstinément boueuse et ralentit la progression de la jeep. En revanche, la route qui monte au nord par Gorgadji est totalement asséchée et permet d'augmenter l'allure. À vingt kilomètres d'Aribinda, la vase séchée a des reflets verdâtres, une mince couche pulvérulente luit sur la route. Un quatre-quatre s'est enlisé dans cette poudre mouvante.

— C'est un banc de fech-fech, annonce Mustapha. Il faut quitter la route et emprunter la savane, sinon la jeep s'enlisera à son tour.

Le temps de contourner un troupeau de chèvres mené par un jeune Peul, Mustapha s'engage sur une sorte de piste parallèle. Il faut moins d'une heure, ensuite, pour rejoindre Aribinda.

Dans une courette ombragée par les branches de deux rôniers, Fatou prépare une pâte de sorgho. Quand elle aperçoit Charles V., elle accourt vers lui, le visage embué d'un chagrin qui la fait bredouiller :

— Je pensais, je ne savais pas, j'ignorais si tu viendrais.

Elle s'engouffre dans ses bras en échappant un murmure fêlé.

— Ce sont ces maudites pluies d'hivernage qui m'ont empêché d'arriver plus tôt.

La mère de Fatou, ses sœurs, le chef du village s'attroupent maintenant autour de Charles V. Des enfants, surgis des maisons voisines, l'encerclent dans une ronde joyeuse et caquetante. Après quelques efforts infructueux, Charles V. réussit à entraîner Fatou un peu à l'écart.

— Comment va Yéri?

— Elle allait très bien à son retour de Frelighsburg. Cela a duré deux mois. J'avais presque oublié qu'elle était atteinte du sida. Un matin, elle s'est réveillée fiévreuse. Je ne me suis pas inquiétée tout de suite. Cela arrive parfois. La fièvre a duré. Les jours suivants, elle s'est sentie faible. Elle ne voulait plus aller à l'école. Les nausées ont commencé et puis les diarrhées. Là, je me suis vraiment inquiétée. Le chef du village a fait venir un marabout de Gorom-Gorom. Il ne m'inspirait pas confiance, mais j'ai accepté quand même. Pendant quelques jours, elle a pris du mieux, la fièvre est même tombée. Et puis, brusquement, tout s'est aggravé. Elle est alitée depuis un mois maintenant, elle n'avale presque rien, quelques boulettes de mil parfois, qu'elle vomit une fois sur deux. De la purée d'igname aussi, qu'elle aime bien. Elle est très faible. Si on ne fait rien, elle va mourir. Fais quelque chose, Charles V., je t'en supplie.

Elle reprend sa place près des rôniers, la tête si basse que son corps trace un arc frissonnant dans l'ombre. On dirait qu'elle disparaît tout entière dans cette incurvation, comme frappée d'un édit douloureux.

— Allons la voir, dit Charles V.

Recroquevillée dans son lit, Yéri n'est plus qu'une masse chétive et rabougrie. La maladie lui masque le visage, maintenant pareil à un miroir brisé. Sa vie s'est fanée à la lisière d'un peu de lumière. À travers cette faible lueur, Yéri parle :

— Maman m'avait dit que tu viendrais. Je suis bien contente de te revoir.

Ses paroles s'épuisent dans un soupir souriant. Charles pose son index sur sa bouche, en une sorte de confession secrète.

— Moi aussi, je suis bien content de te revoir, Yéri.

— Tu es venu me soigner ?

— Oui, si tu veux. Que dirais-tu d'aller à Ouagadougou quelque temps ? Là-bas, je connais un médecin qui pourrait te soigner.

Yéri pose sur Fatou un regard interrogateur. Derrière l'épaule de Charles, Fatou laisse tomber :

— Nous irons. Nous irons tous ensemble.

Yéri approuve en un geste si bref qu'on dirait le battement d'un insecte en plein vol. Elle mastique une gousse de tamaré en s'efforçant méthodiquement de sourire.

Cela jette dans le cœur de Charles V. un soudain frisson de miséricorde. Il mâche à son tour une gousse de tamaré, afin de tremper sa peur dans quelque chose de réel.

38

Dans sa clinique attenante à l'hôpital central de Ouagadougou, le docteur Kouyaté hausse des sourcils ombrageux en pointant du doigt les résultats des tests virologiques.

— Hum! C'est pas très joli tout ça, laisse-t-il tomber.

Dans les profondeurs de sa voix, Fatou décèle aussitôt une funeste nouvelle.

— La maladie a progressé.

— Que voulez-vous dire? s'inquiète Charles V.

— L'infection au VIH est maintenant symptomatique.

Charles V. se rembrunit. Fatou, effarouchée par les propos sibyllins du docteur Kouyaté, n'ose plus parler.

— Bon, en clair, la charge virale plasmatique est égale à 5 log, tandis que la numération lymphocytaire CD4 est inférieure à 300.

Avec une tristesse infinie dans la voix, Fatou murmure :

— De quoi parlez-vous, docteur Kouyaté? Moi, je veux juste savoir si ma fille est malade.

Le docteur Kouyaté glisse ses lunettes dans la poche de sa veste et approche sa chaise de celle de Fatou jusqu'à ce que leurs genoux se touchent. Il dit alors, pendant que de fines gouttelettes mouillent ses joues :

— Pour l'instant, elle n'a pas encore le sida, même si elle est infectée par le VIH. Bien sûr, elle ne va pas très bien. Les examens que Yéri a subis ont permis de détecter une candidose vulvaire résistante et une angiomatose bacillaire. Tout ça a l'air bien compliqué, je sais, mais rassurez-vous, ce sont de simples maladies opportunistes.

Fatou cligne alors des yeux en signe d'incompréhension.

— Ne vous inquiétez pas, on peut guérir cela aisément. Sa fièvre élevée des derniers jours et ses diarrhées sont un symptôme de l'évolution rapide de sa maladie au cours des derniers mois. Pour empêcher une aggravation des symptômes, il faut agir vite.

— Qu'est-ce qu'il faut faire ? demande Charles V., une hésitation dans la voix.

— Yéri a besoin rapidement d'une thérapie antirétrovirale.

— C'est quoi, ça ? demande Fatou, irritée.

— C'est un traitement qui ne guérit pas du VIH, mais qui permettra à Yéri de vivre normalement. Elle pourra même retourner à l'école.

Cette phrase chasse immédiatement la tristesse qui flottait dans les yeux de Fatou.

— Alors, commencez tout de suite, docteur, dit Charles V.

— Je voudrais bien, mais je ne peux pas.

— Comment ça?

— L'hôpital ne possède pas ce type de médicaments. Avez-vous la moindre idée du prix de cette thérapie?

— L'argent n'est pas un problème, je suis riche. Je vais payer.

— Vous ne comprenez pas. Vous ne pouvez acheter ce qu'on ne trouve pas dans ce pays.

Charles V. réfléchit un instant, pendant que Fatou, les yeux remplis de larmes, presse sur ses lèvres ses poings fermés. Charles V. se lève d'un coup, prêt à partir et dit d'un trait tout sec:

— Je sais où en trouver. Dans trois jours, je reviens avec ces médicaments. Au revoir, docteur.

Dehors, en observant le vol lugubre des vautours, Charles V. laisse tomber d'un air renfrogné:

— Ce ne sont que des oiseaux de malheur, de pauvres oiseaux de malheur.

Immobile à ses côtés, Fatou ne peut s'empêcher de voir apparaître sur son visage un étrange demi-sourire, attirant comme une vision.

Si elle avait la force à cet instant d'échapper un mot, songe-t-elle, tout disparaîtrait autour d'elle, dans une immobilité immuable. Alors elle se tait comme une ombre tombée.

39

En ce petit matin du début du mois de mai, Charles V. se met en route pour le Mali, guidé par Mustapha. En une sorte d'ultime écho à lui-même, il file à travers l'Afrique, arpentant la savane pour mieux fouiller au cœur des choses, en semant sur sa route de petites ombres sèches. La route est longue jusqu'à Sikasso, en pays sénoufo. Il faut se diriger vers le sud-ouest, emprunter la route de Tougan et filer jusqu'à Bobo-Dioulasso, plus loin au sud. Au carrefour de cette ville, il faut encore s'engager sur la route d'Orodara, à environ cinquante kilomètres de la frontière du Mali, pour traverser tout le Kénédougou et rejoindre enfin la route de Bamako jusqu'à Sikasso.

Ce voyage de cinq cents kilomètres à travers la savane, Charles V. l'imagine secrètement comme une action rédemptrice. Toutes ces années vécues loin de Yéri, dans l'ignorance borgne de son existence, il veut maintenant en racheter le prix, en combler enfin le vide grâce à un élan généreux. Il est dans cette disposition d'esprit alors qu'il regarde s'éloigner derrière lui, au-dessus de la ligne des jujubiers, le poste frontière du Mali.

Il a tremblé un instant quand un douanier lourdement armé l'a dévisagé d'un regard aigri à travers la portière de la jeep. Dans un réflexe absurde, il a verrouillé la portière. Il a tremblé une autre fois encore au voisinage de la mitrailleuse, quand son canon s'est mis à tinter contre la vitre. Mustapha a alors secoué la tête en faisant une sorte de signe de la main.

— Ne le regarde pas, toubab, ne dis rien.

Quand ils franchissent la muraille de Sikasso, après la traversée brûlante de la mi-journée, seulement interrompue par un bref arrêt à Bobo-Dioulasso, Charles V. se met aussitôt à la recherche d'Amadou. Au Centre de prise en charge du sida, dans le vieux quartier de Fama, une jeune fille reste brusquement aphone lorsque Charles V. prononce le nom d'Amadou. Un homme, posté dans l'ombre, s'avance alors vers lui. Son visage luisant de sueur est couvert de larges taches brunâtres qui éclairent comme autant de mares blêmes sa peau charbonneuse. Au-dessus du comptoir, ses mains sont secouées d'invisibles décharges électriques. D'un geste sec, il chasse la jeune fille qui disparaît en courbant la nuque.

— Qui êtes-vous?

L'homme écoute la réponse de Charles V. d'un air désabusé, son esprit paressant ailleurs, comme indifférent à sa présence.

— Pourquoi cherchez-vous l'Égyptien?

L'explication de Charles V. semble à nouveau errer dans un recoin insondable de son cerveau.

— Qui vous a parlé de lui?

Quand il entend le nom d'Ousmane, le visage de l'homme s'illumine enfin et ses mains, un bref moment, s'immobilisent dans la moiteur de la pièce. Il griffonne quelque chose sur une feuille, d'une main à nouveau vibrante.

— Allez à cet endroit, vous y trouverez Amadou.

Au moment où Charles V. prend congé de l'homme, celui-ci ajoute:

— J'espère que tu as de l'argent, monsieur, sinon ton voyage aura été bien inutile.

Aussitôt après, il regagne son coin dans l'ombre et sa mauvaise odeur.

Un peu en dehors de Sikasso, là où la route de Sangaré commence à virer vers le sud, se trouve la maison d'Amadou, curieusement ancrée sur un cordon de pierres. L'endroit est désert, même le vent apparemment ne souffle plus ici depuis longtemps. Pas même un oiseau égaré. Un vide hallucinant de part et d'autre de la maison, un risible abîme. Et puis, tout à coup, surgit de cet horizon d'oubli, comme d'une longue attente, un homme qui a l'air intouchable dans ce paysage crayeux. Il est plat, bitumeux, coiffé d'un drôle de bonnet, on le dirait traversé d'ombres paresseuses. Il marche sans hâte sur la terre morte, férocement isolé du vide autour de lui, sous une longue galabieh de soie gaufrée.

— C'est toi, l'étranger que m'envoie Ousmane? lance-t-il, encore à quelques enjambées de la jeep.

— C'est moi, répond la voix de Charles V., qui se dirige vers Amadou en pointant une main en sa direction. Amadou feint d'ignorer le geste et ajoute de sa voix grinçante :

— Si tu veux, je peux te vendre un traitement antirétroviral suffisant pour une année. C'est bien ce que tu cherches, n'est-ce pas ?

— C'est vrai, mais qui m'assure que tu ne me refileras pas de la marchandise volée ? dit Charles V.

Une grimace tord la joue d'Amadou :

— Tu es moins bête que tu en as l'air, répond-il d'une voix tendue en esquissant un geste.

Aussitôt, depuis l'allée pierreuse qui entoure la maison, un homme s'élance en leur direction et vient déposer à leurs pieds une boîte saucissonnée de ruban adhésif.

— Regarde toi-même, ordonne Amadou.

La boîte est identifiée du sceau de l'ONUSIDA. À l'évidence, on ne l'a jamais forcée. D'un couteau, Charles V. l'entrouvre. Il soulève le couvercle et en examine patiemment le contenu. À l'intérieur, des dizaines de flacons d'antirétroviraux sont munis de leur sceau de sécurité. Il a l'impression d'explorer un coffre au trésor. L'émotion, un moment, l'étourdit presque et étrangle sa respiration.

— Alors, tu achètes? demande Amadou, d'une voix à présent enflée par l'impatience.

Satisfait, Charles se contente de faire un signe de la tête, sans voir la moue haineuse qui accompagne l'injonction d'Amadou.

— Très bien, ce sera dix mille dollars américains.

— Tu te fous de moi, Amadou. C'est le prix que je paierais chez moi.

— Que fais-tu ici, alors?

Charles V. sent fondre son courage en un instant et le découragement le gagne comme une fièvre qui prendrait tout à coup possession de son corps. La tête penchée, il reste silencieux, le temps de sentir monter lentement en lui son mépris des prédateurs africains.

— Ici, c'est chez moi, crie-t-il en tendant à Amadou une enveloppe ventrue.

— C'est quoi, ça?

— Six mille dollars américains, dix fois ce que t'ont coûté ces médicaments.

Amadou saisit l'enveloppe et laisse tomber, dans une sorte de hennissement involontaire:

— Que le Diable t'emporte! Allez, file l'ami, pendant que je cède à ma sensiblerie.

Charles V. s'en va en se demandant comment s'acquitter désormais de sa tâche. Ses rêves, faits d'un pudique espoir, l'agacent. Dans la jeep, pendant le trajet du retour, il serre la boîte entre ses jambes, jusqu'à ce qu'il aperçoive les contreforts d'Aribinda. Pas une minute ses yeux ne quitteront la précieuse cargaison. L'Afrique tient tout entière dans cette boîte qu'il se met soudain à implorer.

40

La peur, un matin, la prend par surprise.

Yéri dit quelque chose que personne ne comprend. Le vent d'août au-dehors souffle avec une brusquerie inaccoutumée. On dirait l'écoulement d'un désastre.

Depuis presque trois mois, Yéri suit sa thérapie antirétrovirale. Les maux qui l'accablaient en mai ont disparu peu à peu. Ses joues ont rosi en même temps que son cœur. Dans quelques semaines, elle retournera à l'école. Elle est redevenue gaie, elle fait de longues promenades dans la savane où elle bavarde avec les chèvres, pourchasse les margouillats, vérifie au bout de l'horizon l'avancée des méharis. Certes, une légère fatigue, parfois, revient l'accabler, mais elle semble normale, presque sauvée.

La peur, ce matin-là, s'est glissée en elle. Elle dit, avec la lassitude de celui qui croit aux cauchemars :

— Est-ce que je vais mourir ?

Charles V. et Fatou sont saisis d'un frisson douloureux, une cassure étrange a durci leurs nerfs.

— Pourquoi mourrais-tu ? lance Fatou. Regarde comme tu vas bien maintenant.

— Depuis que tu prends tes médicaments deux fois par jour, tu n'as pas eu de rechute, ajoute Charles V.

— Oui, mais je pourrais mourir.

— Où vas-tu chercher ça? s'impatiente Fatou. J'imagine que tu as encore une fois parlé à cet idiot de marabout?

Yéri détourne la tête en direction de l'arrière-cour où zigzague dans la poussière un grand lézard vert.

— Tu n'as aucune raison d'avoir peur, dit Charles V., sans trahir sa propre inquiétude.

Elle aurait envie de protester, même faiblement, d'interroger les faits, d'en démêler l'obscure réalité. Il est plus simple de se résigner à l'inconnu, de s'abandonner à l'entrechoquement du vent et de la crainte. Alors, elle rejoint à petites foulées d'autres enfants dehors, dans l'imprécision de sa vie, laissant derrière elle, à chaque pas, une sorte de blessure.

Quelque temps plus tard, Yéri retourne à l'école. La vie a repris son cours routinier, suivant à nouveau un ordre capable de tout contenir. Un jour, en classe, Yéri écoute distraitement la leçon, son regard entraîné par quelque chose d'invisible. Le professeur, intrigué, se penche vers elle.

— Tu écoutes, Yéri?

Après un léger sursaut, elle répond d'une voix qui paraît chevrotante:

— Je suis un peu fatiguée, monsieur, juste fatiguée.

Elle ferme ensuite doucement les yeux et éprouve avec une brutalité foudroyante les désagréments du vide.

«Peut-être que je commence à mourir», pense-t-elle.

41

Le repas s'est terminé il y a quelques minutes à peine. Fatou joue aux cartes avec une voisine. Assise sur un banc dans la cour, Yéri caresse un chat maigre allongé sur ses genoux. Elle murmure une chanson, mais peut-être est-ce une plainte ou le prélude d'un cri. L'animal s'enfuit soudain et disparaît parmi les broussailles qui bordent la cour, attiré par une volée d'oiseaux. Un frisson tiède secoue Yéri, on dirait une onde légère et tourbillonnante, elle penche sa tête en arrière, à la recherche de plus de lumière. Tout est si sombre, ce n'est pourtant pas la nuit, pas même la fin du jour. Les insectes se sont tus dans l'herbe rase, brûlés par le soleil ou emportés par le vent. C'est si étrange, ce monde qui bascule sans bruit dans une nuit instantanée.

Quand le corps de Yéri s'écroule au sol, c'est à peine si le choc soulève un peu de poussière. Elle repose au pied de son banc, les jambes allongées, semblable à un bâton négligemment jeté. Elle paraît si petite dans cette poussière, peut-être qu'elle ne touche même plus terre.

Au moment où elle abat ses cartes, Fatou porte les yeux vers sa fille. Elle ne comprend pas tout de suite pourquoi son corps glisse mollement vers la terre. Le petit râle étouffé qui sort soudain de la gorge de Yéri la fait bondir. Elle serre sa fille dans ses bras, embrasse méticuleusement son visage, secoue cette marionnette brisée dont les yeux clos paraissent piégés au fond d'un trou.

De la gorge de Fatou sort un cri qu'elle ne se croyait pas capable de lancer, comme une griffure de chacal. Quelques minutes plus tard, elle berce Yéri sur la banquette arrière de la jeep qui fonce à toute allure vers Ouagadougou. Une nuit bleutée enveloppe encore la ville quand Mustapha gare la jeep en face de l'hôpital. Par chance, le docteur Kouyaté est de garde.

— Pour l'instant, je ne peux pas faire grand-chose pour Yéri, sinon essayer de la stabiliser. Demain matin, on fera des tests. Allez dormir pendant ce temps.

Dans leur chambre d'hôtel, ni Fatou ni Charles V. ne trouvent le sommeil. Il faudra l'épuisement du voyage, quelques heures plus tard, pour venir à bout de leur résistance. Le surlendemain, le docteur Kouyaté les convoque à l'hôpital. Son air bourru contraste comiquement avec son regard doux. On dirait deux visages superposés, un hologramme immobile et vaguement déglingué. Il fouille nerveusement dans un dossier, fronce les yeux derrière de minuscules lunettes argentées.

— Ça ne va pas, finit-il par dire, en se laissant retomber sur son dossier.

Devant l'air hébété de Charles V. et de Fatou, le docteur Kouyaté continue :

— Les tests indiquent un échec de la thérapie. Normalement, la charge virale aurait dû diminuer d'au moins dix fois. C'est le contraire qui s'est passé. Bon Dieu ! Je n'y comprends rien.

— Que voulez-vous dire ? demande Fatou en s'éclaircissant la voix.

— Que la maladie progresse contre toute attente. La virémie n'a pas diminué. Peut-être y a-t-il eu une mutation de résistance. À moins que...

La voix est restée suspendue dans l'air, comme une volute invisible.

— Avez-vous respecté à la lettre le régime thérapeutique ? Yéri a-t-elle pris ses médicaments chaque jour comme je vous l'avais prescrit ?

— Matin et soir, docteur, répond Fatou. C'est moi qui lui ai donné ses médicaments.

Le docteur Kouyaté reste songeur. Il fait basculer son fauteuil et fixe le ventilateur au plafond. Les pales sifflent au-dessus de sa tête, faisant frémir une ombre sur son front.

— Où avez-vous acheté ces médicaments ?

— À Sikasso, répond Charles V.

— Et d'où venaient-ils ?

— De l'ONUSIDA.

— En êtes-vous sûr ?

— Il y avait le sceau de l'organisme sur les flacons.

— Je peux voir les comprimés ?

Mustapha court à la jeep recueillir la mallette
qui contient les médicaments de Yéri. Le docteur
Kouyaté fouille la mallette, examine quelques
flacons, extrait une douzaine de comprimés qu'il
réduit en poudre grossière à l'aide d'un presse-
papier. D'un index humide, il goûte la poudre blanche répandue sur son bureau. Son regard se voile
mystérieusement au contact de la poudre.

— Vous avez acheté des potions de sorcier. Vous
vous êtes fait avoir, mon vieux, annonce le docteur
Kouyaté, en faisant disparaître les traces de poudre
au fond d'un cendrier.

— Vous voulez rire, proteste Charles V.

— Je n'ai pas le cœur à rire, croyez-moi. À mon
avis, un comprimé sur trois est un antirétroviral. Le
reste, ça ne vaut rien, rien de plus que du sucre
d'orge.

— Vous prétendez que j'ai acheté du sucre ?
demande Charles V.

— Je pense que les premiers flacons devaient
contenir un mélange d'Abacavir et de Ritonavir,
c'est-à-dire des inhibiteurs classiques. Une façon
d'appâter le client. C'est ce qui explique, sans doute,
que Yéri ait si bien répondu au traitement au cours
des deux premiers mois. Ensuite…

Le docteur Kouyaté fait une pause, désigne du
doigt un flacon.

— Ensuite, eh bien!, elle a avalé cette cochonnerie.

Les mots ne viennent plus sur les lèvres de Fatou et de Charles V. Ils semblent chercher en eux-mêmes une réponse impossible à trouver. Quelque chose de lourd et d'insoluble s'est évanoui en eux, emporté par le chagrin ou simplement érodé par la rage. Ils voudraient écouter leur douleur, pourtant ils n'entendent que le mouvement lent de l'hélice, sa folle rotation qui hache l'air humide.

Charles V. esquisse un geste en direction du docteur Kouyaté :

— Que peut-on faire maintenant ?

— Une thérapie de sauvetage.

Charles V. le fixe pensivement sans rien dire.

— On fait quelques analyses et on commence un nouveau traitement. Cette fois, il faut envisager trois inhibiteurs, dont un inhibiteur de la protéase.

La posologie lui semble bien mystérieuse, mais Charles V. approuve d'un hochement de tête vigoureux. Il sourit à présent et tourne son regard vers Fatou qui le regarde sans bienveillance, d'un œil renfrogné.

— Non, on ne fait plus rien.

Elle dit cela d'un ton sans réplique, sans colère dans sa voix, seulement une interminable lassitude que rien n'allège. Charles V. ne répond pas, s'approche d'elle avec précaution, effleure sa joue du revers de la main, cherche dans ses yeux un signe qui rejoindrait ses mots. Elle se lève, calme et à nouveau silencieuse, puis avance sans hâte vers la porte. Quand ses pas la ramènent dans la lumière et qu'on peut apercevoir son visage où se désole un secret, elle répète, comme si elle s'adressait à quelqu'un qui ne peut l'entendre :

— On ne fait plus rien, rien.

42

Ils ne sont que quelques-uns attablés dans ce
maquis du centre-ville, occupés à déguster le plat
du jour, du tô de fonio à la sauce gombo.

Fatou n'a guère d'appétit et jette sur son assiette
un regard désolé. Guidé par un réflexe inexplicable,
Charles V. mange avec une sorte d'insouciante satisfaction. À la fin du repas, un garçon leur sert un
thé noir que Fatou avale goutte à goutte.

— C'est stupide de refuser un nouveau traitement, laisse tomber Charles V. en guise d'intro-
duction.

Ils n'ont échangé aucun mot depuis une heure.
Cette phrase, qui rompt leur silence, acquiert par
sa seule soudaineté une résonance imprévue.

— Stupide pour qui? s'exclame Fatou d'un air
féroce.

— C'est absurde, c'est tout.

— Je ne veux plus voir souffrir Yéri.

— Tu préfères qu'elle meure?

— Tu parles comme un Blanc, tu ne connais
rien de l'Afrique. La mort, tu ne l'as jamais vue
ailleurs qu'à la télévision.

— Peut-être. Mais je pourrais aller à Montréal et ramener des médicaments qui la sauveraient.

— Non, je ne veux pas de tes médicaments, ni de ceux des marabouts. Il est temps que Yéri continue son chemin.

Charles V. ferme les yeux quelques secondes, comme s'il cherchait un apaisement à sa colère. Quand l'Afrique l'ennuie, il en rêve. Il prête à l'Afrique ses propres songes, c'est sa façon de l'oublier. Il ouvre les yeux à nouveau, dévisage Fatou.

— Ça veut dire quoi, ce charabia?

— Ça veut dire que j'accepte que le destin de Yéri soit de mourir.

— C'est idiot. Elle pourrait vivre si tu me laissais faire.

— Moi, j'accepte cette mort. Elle est partout en Afrique, dans nos rues, dans nos villages, dans nos mots, dans nos têtes. Je suis dans cette mort comme dans la vie, comme dans la mort de mon père et dans celle de son père avant lui. Je ne lutte pas contre cette solitude, je m'y plie, c'est mon horizon, même si j'en souffre.

— Ce n'est pas le mien.

— Tant pis pour toi alors.

Ils restent ainsi un long moment, face à face, sans se voir ni se comprendre. Ils n'osent plus faire un geste, immobiles sur leur banc, inébranlables momies.

Une semaine plus tard, ils repartent vers Aribinda, emportant Yéri vers la savane dont elle murmure le nom jusque dans son sommeil, d'une voix si légère qu'on dirait un souffle ramolli. Depuis quelques jours, l'Afrique s'est dissoute autour de lui. Charles V. traverse à nouveau cette immensité. Il ne reconnaît plus ce paysage sans signes et insaisissable. Il n'aperçoit que le tronc grignoté du monde, le frottement sec de la lumière sur les pierres.

Charles V. ne comprend rien aux caprices et aux aléas du monde. Comme tous les bienheureux de son espèce, c'est à travers le voile de ses béatitudes qu'il conçoit trompeusement les choses, résout les énigmes que lui pose le réel, défie les mille et un visages de l'existence, pour prendre enfin la mesure imparfaite de soi. Aussi, toujours prodigue de ses doutes, est-il pétri d'embarras lorsqu'il est contraint de se mesurer aux courtes vérités qui l'environnent. À son penchant pour l'approximatif et l'incertain, il n'existe aucun remède, sinon une redoutable aptitude à considérer les idées comme un terrain vague, une topographie sans consistance sur laquelle il vaut mieux refuser de s'aventurer.

Il vient cependant de découvrir qu'il s'est égaré non pas sur les chemins de l'Afrique, mais au-dedans de lui-même, où l'Afrique l'a aiguillonné contre sa volonté, comme si elle avait jeté un caillou au fond des ténèbres.

43

Charles V. reste longtemps à Aribinda, si longtemps qu'il oublie d'en compter les jours. Novembre approche pourtant. Cela fait maintenant un an qu'il sillonne l'Afrique, qu'il traverse la mer, qu'il erre d'un monde à l'autre, revisitant ses pas tel un promeneur égaré. Voilà un an que sa vie a basculé, prise en tenailles dans les mains d'une fillette, à la façon d'un cerf-volant devenu fou.

Depuis le retour de Ouagadougou, l'état de Yéri n'a cessé de se détériorer. Sur son visage, peu à peu, la vie a changé. Au début, elle était sereine, presque gaie certains jours. Le docteur Kouyaté l'avait remise sur pied, en un sens. Du moins, les maux qui l'avaient conduite à son cabinet s'étaient peu à peu résorbés grâce à ses soins. Mais, sans traitement thérapeutique adapté à son état, ce progrès spectaculaire ne pouvait être qu'une trêve provisoire et fragile, un havre au cœur de la malédiction.

La gaîté a lentement quitté son visage, chassée secrètement par mille petits frémissements. Au bout d'un moment, une image toute raidie s'est superposée au visage, comme un débordement douloureux.

La voilà toute maigre, pareille à un arbrisseau agitant une branche unique. Bientôt, elle crache au réveil, une horrible toux secoue son petit corps stérile. Malgré ces mauvais présages, Charles V. s'acharne à créer l'illusion d'une vie sans gravité, sans autres entorses que celles des saisons.

Chaque matin, il installe Yéri dans une brouette et lui fait faire le tour de l'arrière-cour tout en imitant la respiration rythmée d'une locomotive. Tous les deux feignent d'explorer la savane et, sous l'ombre d'un jujubier, éclatent d'un rire complice. Pendant plusieurs jours, assis contre le mur de sa case, Charles V. lui fait la lecture du *Voyage autour du monde en quatre-vingts jours* de Jules Verne. Yéri ne se lasse pas des aventures de Phileas Fogg et, chaque jour, supplie Charles V. de lui relire la traversée de l'Inde par le *Mongolia*. Elle rêve de l'Inde merveilleuse, comme d'une île enchantée, elle se pâme à l'évocation des temples et des fakirs, des pagodes et des tigres, des éléphants et des bayadères, elle emprunte les chemins de Bab-el-Mandeb et de Bombay. Elle murmure des mots étranges et doux : *Allahabad, Chandernagor, Aden, Burhampour.*

Elle ajourne ainsi sa fatigue et se laisse happer par le récit fabuleux d'un ballon lancé à l'assaut du ciel et du monde. L'Afrique disparaît alors dans un éther tropical qui la plonge dans une joie toujours neuve.

Un matin, pourtant, elle ne demande rien. Elle reste taciturne sur son banc quand Charles V. s'approche d'elle, le livre de Jules Verne sous le bras. C'est à peine si elle lui sourit quand il s'assoit à ses côtés et pose ses lèvres sur sa joue, si chaude d'ailleurs et d'une moiteur si visible qu'il s'en inquiète aussitôt.

— Tu te sens mal?

Pour toute réponse, elle esquisse un geste fait de plomb. Ce jour-là, elle ne répète pas les mots fabuleux, presque irréels du récit de Phileas Fogg. De sa bouche ne vient plus qu'un souffle grêle, misérable, comme un lointain chuchotement. Elle se plaint de douleurs à la poitrine, cette poitrine maintenant si creuse qu'on dirait une fosse quand elle respire.

Les jours suivants, elle ne quitte plus son lit, renonce aux chevauchées en brouette comme au reste, innombrable et banal. Une ombre douloureuse se déverse en elle, l'amollit un peu plus chaque jour, cependant que ceux qui veillent sur elle sont tour à tour saisis d'une accablante hébétude.

Sur l'insistance de Charles V., le docteur Kouyaté est appelé à son chevet. Au bout de quelques minutes d'examen, il diagnostique une tuberculose pulmonaire, aggravée d'une pneumocystose. Fatou, les traits figés, se contente de dire:

— La suite dépend de Dieu seul maintenant.

Charles V. s'approche de la natte où Yéri est étendue. Il prend son livre, penche un peu sa tête au-dessus de l'épaule de Yéri et, d'une voix légère, reprend sa lecture au moment où Phileas Fogg

rejoint Bénarès en train. Au bout de quelques minutes, elle s'endort, bercée par les eaux sacrées du
Gange qui emportent ses rêves vers des dieux obs-
curs, comme un vent qui emmêlerait à tout jamais
les bris d'une vie.

44

Dans la conscience limpide qu'elle possède de la fin des choses, Fatou ne montre ni colère ni révolte sitôt qu'elle découvre au matin le corps sans vie de Yéri. Morte, elle paraît plus vulnérable encore, son corps comme recueilli dans un instant infime, bordé de cendres et de noirceur. Ses yeux, où se précipitaient mille clartés, ont basculé dans une obscurité sans limites.

Enfermée dans le silence, Fatou ensevelit sa fille sous la terre fauve et reste indifférente ensuite à tout ce qui s'agite autour d'elle. Jamais, au cours des jours suivants, elle ne quitte cette crispation silencieuse qui l'enveloppe d'une intensité douce, comme une lumière qui se serait posée à ses côtés, tout bonnement.

Elle s'entête à voir dans la mort de Yéri l'écoulement normal d'une vie délestée de mystère. Charles V., en revanche, n'y perçoit rien d'autre qu'une facétie morbide du destin.

— Ce qui plaît à Dieu plaît aux hommes, répète-t-elle, en guise de consolation.

Fatou reprend le cours de sa vie, continuant à exister sans hâte, sous le murmure d'une gravité aussitôt amadouée. Avec son existence qui lui pèse, Charles V. s'accommode mal de la fadeur dans laquelle le plonge la mort de Yéri. Il reste un temps prostré dans cet état de solitude incertaine qui lui donne un air extatique, jusqu'au jour où il prend la décision de regagner son pays.

Une vague de peur et de doute l'envahit au moment de faire ses adieux à Fatou. Elle caresse sa tête d'une main fine, peut-être même un peu lasse et, à travers ses larmes, dit d'une petite voix :

— Je t'avais promis de t'aimer toujours si tu sauvais Yéri.

Charles V. hoche la tête, presse les mains de Fatou, esquisse un sourire défaillant et dit simplement :

— Oublie ta promesse. Quant à moi, je n'ai que moi, c'est-à-dire rien du tout.

Fatou lève vers lui un regard d'une infinie délicatesse, comme si elle lui faisait don d'un mot que la mort de Yéri n'avait pas emporté.

— Je t'aimerai, Charles V., même pour ce rien, je tiendrai ma promesse.

Il hésite un court instant, comme s'il voulait retarder le moment du départ. Que s'est-il passé ensuite dont il aurait pu conserver un souvenir précis ? Peu de choses, les gestes ordinaires de l'adieu, des images furtives, puis des mots vite échangés, entre la peine et l'abandon, et qu'il ne peut partager avec personne.

Toutefois, avant de dire une dernière fois adieu à l'Afrique, Charles V. s'avise qu'il a une dette à son égard. Il entreprend donc une ultime promenade, comme un promeneur sans terre que l'horizon appelle à sa rescousse.

45

Mustapha, calé dans un transat près de la piscine de l'hôtel, boit tranquillement son thé parmi les volutes sèches d'un brûle-parfums déposé à même le sol. Il mâchouille un pain trempé avec la patiente indifférence de celui qui est sans projets. Il est en train de regarder les feuilles d'acacia qui flottent à la surface de l'eau, comme s'il scrutait l'horizon du pont d'un navire, lorsque Charles V. le rejoint en traînant les pieds.

— Bonjour, toubab, lance machinalement Mustapha.

Pour toute réponse, Charles V. n'émet qu'un grognement fatigué, hoquet ombrageux et mécanique où transperce une piteuse disposition. Son visage est aussi triste qu'un souvenir jauni. Aussitôt attablé, il commande deux doubles espressos qu'il avale chaque fois d'une seule lampée sonore. Et puis, sans signes précurseurs, il lance en direction de Mustapha une boulette de papier grossier qui échoue sans bruit sous le transat.

— Trouve-moi ça, dit simplement Charles V. à travers des lèvres plus minces qu'à l'habitude.

Mustapha déplie méticuleusement le projectile comme s'il s'agissait d'un parchemin précieux qui pouvait à tout moment s'évaporer sous ses doigts. La belle écriture ronde de Charles V., qui a pris de curieuses ondulations sous les plis du papier chiffonné, est difficile à déchiffrer. Lorsqu'il finit par en décrypter le sens, Mustapha sent son souffle lui manquer, ses poumons brusquement ne suffisent plus à propulser l'oxygène jusqu'à ses muscles, il voudrait émettre un son, mais sa voix soudain se casse et puis, quelques secondes plus tard, dans le bris de sa voix, il s'entend bafouiller :

— Je ne peux pas, toubab, non, je ne peux pas faire ça.

Dans la pleine lumière de la terrasse, les traits de Charles V. se sont plissés, tout à coup aspirés au centre du visage, comme un fluide au fond d'une puisette.

— Si, Mustapha, tu le peux. Tu dois le faire, pour Yéri.

Au moment d'avaler une dernière gorgée de café, il ajoute en grimaçant :

— Rejoins-moi à ma chambre, demain matin, à l'aube. Et prépare la jeep.

— Nous irons loin ? demande Mustapha, inquiet.

— Au Mali.

Charles V. lui a déjà tourné le dos, s'éclipsant vers un rendez-vous inconnu, lorsque la peur se met à défigurer le visage de Mustapha. Cette peur est toujours logée en lui lorsqu'il frappe à la chambre de Charles V. le lendemain matin, au point d'irradier ses yeux d'une étrange lueur qui n'échappe pas à Charles V.

— Allez, entre et ne fais pas cette tête.

Charles V. paraît si nerveux que, sous son œil gauche, un battement syncopé dessine une légère sinuosité sous la peau. La chambre est en désordre, on la dirait agitée par quelques mystérieuses vibrations.

— Tu as trouvé ce que je t'ai demandé ?

Sans répondre, Mustapha lui tend un sac de papier pansu.

— Hum ! C'est bien léger pour un revolver, dit Charles V. en soupesant l'arme dans sa main, comme s'il examinait un simple fruit acheté au marché.

Mustapha commence par esquisser une grimace vaporeuse, la tête basse, puis laisse tomber :

— Que vas-tu faire avec ça, toubab ?

En se dirigeant vers la porte, avec un sourire doucereux de nymphette accroché au visage, Charles V. lance, en guise d'explication :

— Convaincre, Mustapha, convaincre.

Il faudra toute la journée à travers la savane soufrière pour rejoindre la route d'Orodara. Cette fois, au lieu d'emprunter la route qui conduit au poste frontière du Mali, ils s'engagent sur une piste abandonnée et pierreuse, dans un brouillard de poussière qui enveloppe la jeep d'une ombre perpétuelle. Ils avancent ainsi de longues heures, effrayés à l'idée de rencontrer une patrouille mili-taire. Mais ils ignorent que les soldats ne s'aventu-rent pas au hasard dans cette plaine enfiévrée où la chaleur est un bouclier invisible, sans pitié pour les pauvres insensés qui osent l'affronter. Douze heures plus tard, pourtant, une fois franchi ce paysage vaporisé par le soleil, ils aperçoivent les premiers reliefs de cendres de Sangaré qui s'éva-nouissent doucement dans le crépuscule.

Voilà une demi-journée qu'ils n'ont croisé per-sonne en cheminant sur trois cents kilomètres de pistes désertes et burinées par le soleil, ne rencon-trant que des herbes basses et des insectes chargés de sable, slalomant entre des gravillons et des racines, les yeux alourdis de poussière, avançant dans des ténèbres de lumière brûlante, le visage moite, l'esprit vacillant, sans même prendre cons-cience de la faim qui fait se dissocier en eux le corps et la vision.

La jeep est maintenant en vue du cordon de pierre où s'est fixée la maison d'Amadou. Sous la clarté déclinante, la maison est encore visible quoi-qu'ombragée, on la dirait enlisée dans les lueurs mauves de la fin du jour, comme flottant sur son monticule de craie. Mustapha immobilise la jeep sur une espèce de promontoire rocheux perché à l'ombre d'arganiers.

À l'aide de jumelles, Charles V. observe la maison d'Amadou, scrute les alentours à la recher-che d'un quelconque signe de vie. D'une fenêtre, à l'arrière de la maison, émane une faible lueur et dans un halo imprécis flotte soudain une silhouette penchée qui disparaît aussitôt.

— Notre homme est là, se contente de dire Charles V. sans même jeter un regard à Mustapha dont le visage s'est aussitôt crispé, cadenassant à la fois sa colère et sa crainte.

Ils avalent en silence quelques galettes de sagbo, sans bouger, le regard fixé sur cette maisonnette qui brille au loin désormais, au point qu'on dirait un phare au milieu des hautes murailles blanches du désert derrière lesquelles se devine une noirceur glaciale. Dans la jeep aussi, le froid s'est lentement fait un chemin, barbouillant les vitres de minces volets liquides. Charles V. et Mustapha se recroquevillent dans leurs couvertures, paralysés par le froid, la tête appuyée sur un sac à dos, l'esprit encore alourdi par le soleil du jour. Ils s'endorment ainsi, tire-bouchonnés de fatigue, sans apercevoir les astres qui passent en vaguelettes lumineuses au-dessus de leurs têtes.

46

C'est un vol de rolliers qui, à l'aube, les extrait du sommeil. Charles V. réprime un frisson tout en effaçant, avec sa paume, un peu de buée sur la vitre tandis que Mustapha, les yeux fixes, tente de redonner vie à ses muscles en frictionnant ses longues jambes. Charles V. se précipite bientôt hors de la jeep, muni de ses jumelles. Accroupi derrière une roche où il s'attarde longuement, il observe la maison d'Amadou dont le toit ondulé brille déjà sous la lumière rasante. Pareil à tous ceux qui attendent, Charles V. paraît s'amoindrir de sa propre fixité, s'imbriquant peu à peu dans la pierre, comme un insecte voûté dans sa brindille d'herbe. Soudain, alors qu'il semble sur le point de s'unir aux gravillons, il se lève d'un bond, le front en sueur, et s'élance vers la jeep, où il récupère son arme. Essoufflé, il lance en direction de Mustapha, dans un chuchotement anxieux:

— C'est le moment, il faut y aller.

Il entraîne Mustapha dans une descente silencieuse à travers des roches acérées, des sentiers touffus semés de ronces, des éboulis menaçants, le corps tendu dans une chute poussiéreuse qui lacère les mollets, remplit les poumons d'une brume suffocante, jette sous les paupières boursouflées un flot continu de lumière brûlante.

Quelques minutes plus tard, alors que la matinée a déjà commencé à transformer en fournaise pétrifiée la cuvette crayeuse où ils s'aventurent, Charles V. ralentit, s'abaisse prudemment derrière une haie d'acacias, semblant chercher dans cette pénombre dérisoire une sorte d'abri contre le soleil. D'un geste, il fait signe à Mustapha de s'accroupir à ses côtés.

— Jette un coup d'œil par là-bas !

Mustapha traîne son regard dans la direction indiquée par Charles V. Par-dessus le mur de pierre ébréché, dans la courette intérieure de la maison, il aperçoit la démarche hésitante d'Amadou qui promène son drôle de bonnet sous le soleil, sa tête nimbée d'un brouillard ambulant. Des chiens se mettent à aboyer contre des grillages chauffés à blanc, là où l'un des murs de la maison s'enfonce dans les herbes desséchées qui séparent la cour de l'océan de pierre.

— C'est Amadou, toubab.

— Pas de doute, c'est notre homme. Alors, tu vas maintenant te diriger vers lui, comme si tu passais par là, mine de rien.

— Il va trouver ça suspect.

— Pas grave. Pendant qu'il sera distrait, je contournerai la maison du côté ouest, de façon à ne pas être repéré par les chiens.

Son bras indique un petit chemin raide qui traverse la ravine à l'ombre d'un muret posé à un jet de pierre de la maison.

— Quand je serai derrière lui, je lui ferai signe.

— Je n'aime pas ton idée, toubab, encore moins ce que tu tiens dans ta main.

Charles V. fixe son arme, serrée au creux de sa main qui s'est mise à trembler. Tout son corps semble cramponné à ce bout d'acier capable de faire une brèche dans la désolation de ce lieu. Pour l'instant, il choisit de ne pas y penser et pose une main sur l'épaule de Mustapha en réitérant sa consigne.

Mustapha se dirige aussitôt vers la courette sans prêter attention à la mue des serpents qui jonchent le sol. Il marche à grands pas, malgré l'inquiétude qui endolorit chacun de ses gestes. Il avance néanmoins, sous son lourd costume, comme une madone africaine. Quand il pénètre dans la courette, Amadou se tient debout dans la pénombre de la véranda, tripotant une cigarette, le regard perdu au-delà des collines qui délimitent le désert, bien au-dessus de la ligne du toit. Il faut l'attirer au-dehors, sinon Charles V. ne pourra pas le surprendre. Il s'avance en traînant lourdement les pieds dans les gravillons, chaque pas faisant entendre un petit claquement insolite. Cela suffit pourtant à capter l'attention d'Amadou dont la silhouette a maintenant pivoté en direction de Mustapha. Ils ne sont qu'à cinquante pas l'un de l'autre et Mustapha entrevoit clairement son air maussade sous le bonnet incliné de côté, qui laisse à nu une cicatrice granuleuse.

— Hé toi! Mon frère, que fais-tu chez moi? File avant que je ne te jette aux chiens.

Pendant quelques secondes, Mustapha sent son sang battre contre ses tempes, un arc de lumière zébrée se glisse un instant sous ses paupières. Il tente de garder son calme, hésitant entre l'idée de fuir et l'obligation d'avancer. Amadou s'est approché, sautillant gauchement dans la poussière. Il invite l'inconnu à partir en gesticulant jusqu'à ce qu'il soit suffisamment proche de lui pour reconnaître ses traits.

— Je te connais, toi, tu es déjà venu ici. Oui, je te reconnais, tu es ce Targui qui était avec cet imbécile de petit Blanc qui voulait m'acheter des médicaments. J'ai été bien généreux ce jour-là, mon frère, je me fais vieux, je négocie comme une vieille femme.

Son air s'est adouci maintenant qu'il fait face à Mustapha. La mine boudeuse de tantôt a fait place à un pli d'exaspération qui rend son visage anguleux.

— Que fais-tu ici? Il n'y a que les fourmis ou les serpents pour venir se perdre dans un endroit pareil.

Mustapha est à chercher en lui une réponse convaincante lorsqu'une voix presque marmonnée se fait entendre derrière les épaules d'Amadou.

— C'est ici que viennent se réfugier les rats de ton espèce, Amadou.

Quand Amadou tourne la tête en direction de cette voix inconnue, il aperçoit le canon du revolver pointé entre ses sourcils et, agrippé à l'acier, un homme dont il ne reconnaît pas aussitôt le visage, un visage empli d'une rage si froide que ses yeux ont l'air d'avoir été extraits du même métal vif que celui sur lequel le soleil jette à présent des éclairs aveuglants. Ses yeux se concentrent un moment sur ce visage pâlichon qui paraît en suspens dans l'air de plus en plus lourd et puis, tout à coup, son corps s'empèse.

— C'est toi, le Blanc qui est venu accompagné de cet homme, laisse-t-il tomber d'une voix hésitante en s'humectant les lèvres nerveusement.

— Je vois que le soleil ne t'a pas complètement desséché la mémoire.

— Ni la raison, l'étranger. Laisse tomber cette arme, tu pourrais te blesser. Tu sais bien que tu n'oseras pas tirer. Tu n'as probablement jamais tenu une arme dans ta main avant aujourd'hui. Et pourquoi le ferais-tu, hein, l'étranger?

Mustapha s'est mis un peu à l'écart, entre les deux hommes, immobile, réconforté à l'idée que l'inexpérience de Charles V. l'incitera sans doute à renoncer à son sombre dessein. Pourtant, il croit discerner dans ses traits une résolution secrète et inhabituelle qui fait resurgir en lui une nouvelle inquiétude.

— Je vais te décevoir, Amadou, reprend Charles V., je suis un excellent tireur. Cinq années d'entraînement dans un club de tir font des miracles, je peux faire éclater une mangue à plus de cinquante mètres. Alors, imagine ta sale gueule d'escroc.

Le regard d'Amadou balaie l'horizon comme à la recherche de secours et ne rencontre que la férocité sans bornes du désert.

— Tu veux me tuer, étranger. Tu es fou. Qu'est-ce que tu me veux?

Sa voix, qui s'est apparemment ressaisie, trahit néanmoins une peur croissante, presque virulente. Déjà, la sueur sur son front lisse atteste qu'un sentiment nouveau a commencé à jeter en lui les premières déchirures de l'angoisse, cette peur diffuse et irréelle que la vue d'un canon fait invariablement surgir dans le cerveau de tout homme. À cet instant, par une fine et mystérieuse ramification, la peur s'est propagée dans ses yeux. Ses gestes sont fébriles et teintés d'une légère raideur.

— Qu'est-ce qu'il y avait dans les ampoules que tu m'as vendues? Quel poison y as-tu mis pour que ma fille en meure?

Peu à peu, la voix de Charles V. est devenue un cri où perce la férocité, une plainte habitée d'une haine corrosive, crachée maintenant au-dehors, une douleur submergeante qui donne à chacun de ses mots une teinte désespérée, presque tragique dans son obtuse simplicité.

— Des rétroviraux, l'étranger, mais tu sais, on ne sait pas toujours ce que nos fournisseurs y ajoutent. Je ne peux pas tout contrôler, il y a tellement de gens désespérés qui ont besoin de moi. Je vends, c'est tout. Alors, parfois, il y a des erreurs.

— Des erreurs, s'écrie Charles V., tu appelles ça des erreurs, ta camelote qui tue l'Afrique sous prétexte de la sauver. Tu mérites de crever comme un chien.

À la dernière syllabe proférée, le canon du revolver s'est retrouvé pressé contre le front d'Amadou qui, pris d'un effroi subit, s'est jeté aux pieds de Charles V. dans une reptation plaintive.

— Ne me tue pas, l'ami, je te rembourserai, j'ai des milliers de dollars ici, tu pourrais être riche si tu veux.

Dans un réflexe, Charles V. s'est éloigné, l'arme au bout de son bras ballant. Son visage est gauchi par le dégoût. Un vent tiède vient de se lever dans les herbes noueuses qui bordent la cour. Sur sa joue, il ressent l'effleurement épicé de la savane au loin. Amadou se traîne, ses jambes le suivant comme une ombre terrassée. Il porte tranquillement sa main sous la ceinture de son pantalon, quelque chose de métallique luit entre ses doigts crispés. Mustapha observe cette main qui paraît se consumer au soleil et qui se projette soudain au-devant du visage pendant que le reste du corps s'arque pour l'effort. Soudain, Mustapha comprend qu'au bout de cette main sinueuse passe le malheur. Il lance un cri inintelligible, mais si puissant qu'Amadou tourne son visage vers lui, effaré. C'est à cet instant qu'une balle traverse son crâne en faisant se répandre sur le sol un flot aqueux, constellé d'éclats d'os et de nerfs. Une moitié de visage s'effiloche dans la poussière, faisant apparaître une petite mare brunâtre et chaude entre les gravillons. Un spasme fait s'agiter un poignard luisant dans la main d'Amadou, comme s'il respirait à côté du mort. Aussitôt, venu par-delà l'enceinte de pisée, se fait entendre le chœur hurlant des chiens, déploration parfaitement vaine lancée à l'assaut du paysage inerte.

47

Charles V. regarde cette silhouette morte parmi les graviers, cette masse tombée net, figée pour toujours d'une simple pression du doigt. Il laisse échapper un soupir et c'est son cœur soudain qui bat à rebours, pris de dégoût et de haine. Le voilà à genoux, près du corps sans vie d'Amadou, un cadavre ordinaire qui s'additionne à tous les autres et qui donne au faciès de l'Afrique, encore une fois, une couleur tragique.

Mustapha, pétrifié, regarde le corps d'Amadou. Le souffle coupé, il ne prononce aucun mot. Ses pommettes, habituellement hautes, se sont mystérieusement affaissées, tirées vers le bas par la douleur. Après de longues minutes de stupeur, Charles V. et Mustapha échangent un premier regard. Pourtant, ils ont le sentiment d'être désormais dépossédés de toute expression humaine. C'est un masque sans traits ni poids, d'une impalpable étrangeté, qu'ils se renvoient l'un et l'autre.

— Il ne faut pas rester ici, toubab, quelqu'un pourrait nous voir.

Mustapha entraîne Charles V. vers la jeep. Il faut un long moment pour quitter la ravine et rejoindre, en enjambant les rochers et les broussailles, le promontoire où la jeep s'avachit au soleil. Au retour, ils empruntent la même route déserte, apeurés plus encore qu'à l'aller à l'idée de croiser un convoi de militaires en patrouille. Plus tard, dans un oued asséché, ils creusent un terrier profond et y enfouissent l'arme meurtrière.

Au cours des premières heures, ils n'échangent aucune parole. Une torpeur paralysante s'est installée entre eux, qu'aucun n'a le courage de rompre. Et puis, tout à coup, comme au bout d'un brouillard insupportable, Charles V. prononce à voix basse ses premiers mots :

— Je ne voulais pas le tuer, Mustapha, je le jure.

Mustapha écoute sans rien dire, incapable de nommer ce qui l'habite à cet instant, impuissant à interrompre l'espèce d'ivresse qui le fige dans une pause muette.

— Je voulais juste l'effrayer, reprend Charles V., le regard fixe sur la savane lumineuse. Lui donner une leçon. Je pensais lui écorcher l'oreille d'une balle, histoire qu'il conserve un stigmate de son crime. Qu'il paie un peu, tu comprends ?

La voix s'est faite implorante, visiblement douloureuse, presque hagarde.

— Il faut oublier, toubab, il n'y a rien d'autre à faire maintenant.

— Mais si on découvre que c'est moi qui l'ai tué?

Mustapha se fait rassurant et répond d'une voix affaiblie:

— Seuls les chiens d'Amadou vont s'inquiéter de sa disparition, toubab, ne t'en fais pas. La mort de ce bandit ne chagrinera personne.

— Peut-être que tu as raison. Mais je serai toujours son meurtrier.

— Cela ne te regarde plus maintenant, toubab, la mort est l'affaire d'Allah.

Charles V. prend alors la résolution d'oublier les supplications d'Amadou, son drôle de râle à la fin, ce regard de mutant lorsque la balle a fracassé son crâne, cette chair mutilée répandue sur le sable, l'arme encore fumante dans son poing, et ce ciel soudain réchauffé d'une courte flamme. Pourtant, quelque chose d'inconnu embrouille désormais ses pensées.

La nuit est tombée lorsqu'ils franchissent les premiers faubourgs de Ouagadougou. Le ciel souillé de la ville fait entendre son crépitement nocturne entre les épines des mimosas. Des îlots marécageux montent des effluves insoutenables que la chaleur déverse au coin des rues, là où brûlent des braseros autour desquels se réfugie une foule compacte et murmurante.

Charles V. salue d'un geste Mustapha lorsqu'il le dépose à son hôtel. Une fiévreuse envie de sommeil le gagne. Sa tête est bourrée d'un insaisissable désir d'engourdissement. Il s'installe sur son lit, bottes aux pieds, prostré, pour s'engloutir dans l'oubli plutôt que pour s'abandonner au sommeil. Une série de petits spasmes secouent ses lèvres au moment où les rêves le gagnent, comme une sorte de dernier frémissement de l'Afrique sur son visage.

Le lendemain, Charles V. se laisse conduire à l'aéroport par Mustapha, poussé au départ par ses propres visions. Il est si faible à cet instant que la lumière l'accable de tout son poids. Le visage de Mustapha, enfoui dans la fente étroite de son chè-che, restera à jamais un mystère pour lui, un secret qui le nomme tout entier.

Plus tard, alors que Charles V. s'engouffre dans le hall de l'aérogare, Mustapha incline légèrement la tête en le suivant des yeux et laisse échapper d'une voix maigre que personne n'entend :

— Au revoir, mon ami, mon étrange ami blanc.

Ils n'ont pas prononcé le nom d'Amadou, ils se sont contentés de paroles hâtives, de gestes sans importance, de regards hésitants. L'amitié, entre eux, n'aura jamais été qu'une affection misérable et douce, fixée pour toujours dans l'idée involontaire qu'ils se faisaient l'un de l'autre.

Charles V. abandonne l'Afrique derrière lui, comme le serpent, sa peau. S'il éprouve le curieux sentiment d'avoir mué hors de son écorce ordinaire, il s'épouvante pourtant de revivre dans la lumière étriquée de sa vie. Alors, il ferme les yeux violem-ment, pour se protéger de toute lueur venue du dedans de lui-même.

4 8

Charles V. regarde défiler les jours, loin des rumeurs de la ville, à des siècles de distance de cette Afrique féroce et bariolée qui a commencé à revêtir dans sa mémoire des résonances hostiles, presque hypnotiques. Depuis son retour d'Afrique, il reste cloîtré dans sa maison de Frelighsburg, environné par ce vide des collines qui l'effraie. Il lui arrive parfois de penser qu'il a rêvé de l'Afrique, qu'un simple éclair a un jour traversé son cerveau en y répandant des images irréelles. L'Afrique n'est peut-être après tout qu'un songe qui se serait insinué sous ses paupières, une ivresse plus ardente que sa vie, cette vie qui s'est mise soudainement à se contorsionner en lui.

D'où lui vient alors cette tristesse qui lui noue le ventre, abaisse son regard, donne de la chair à son angoisse? À quoi bon tenter de réfléchir, puisque rien dans le présent ne peut venir à bout du passé ou seulement en altérer les formes?

Charles V. se sent désormais lié à l'Afrique par un deuil. La veille de sa mort, il s'en souvient à présent, Yéri a voulu savoir pourquoi il n'aimait pas l'Afrique.

— Qui t'a raconté cela? a-t-il aussitôt répliqué, un peu vexé.

Elle a répondu de sa voix de fantôme :

— Fatou. Elle dit que tu n'aimes pas l'Afrique. Tout le monde le répète.

— Et toi, que crois-tu ?

La douleur a rétréci son regard, Yéri n'entrevoyait plus la réalité qu'à travers une mince arcade de lumière. Elle finira pourtant par fixer son regard sur l'image trouble de Charles V. et dira, dans le bruissement de sa voix :

— Je crois que tu aimes l'Afrique quand nous sommes ensemble.

L'idée lui plut et il s'y rallia de bon gré, quoiqu'au fond de lui il continuât de sentir grouiller les restes d'un dédain pernicieux. Mais il aimait, à n'en pas douter, l'Afrique qui se nichait dans les yeux de Yéri, dans ce torse étroit qu'il enlaçait chaque jour depuis deux mois, luisant de sueur, le souffle haletant contre sa propre poitrine. Et cette Afrique qui battait sous ses semelles, comme un cœur poussiéreux. Les jours de pluie comme les jours de soleil, cette Afrique-là avait jeté en lui, presque en rêvant, son poids de raison et de croyance, pareil à un limon étranger qui se serait déposé au fond d'une rivière. Une semence insoupçonnable et pourtant si réelle.

Noël approche, l'hiver a blanchi les champs tout autour. Face à l'alignement des arbres qui ceinturent la maison, quelqu'un a élevé un modeste château fort de neige que le vent a durci. De loin, on dirait une case de banco, laquée de blanc, flottant sur des rondeurs glacées. Drôle d'Afrique, qui semble exister pour qu'on ne désespère pas de soi.

Justement, le désespoir a commencé à creuser son sinistre sillon dans le cœur de Charles V. Ses nuits sont une suite de cauchemars sonores où retentit la détonation d'un fusil, où flotte un visage estropié, vidé de tous ces signes brumeux qui dessinent un homme. Il a sillonné l'Afrique pour rien, en proie à un désir aussi inexplicable que vain. Il contemple avec horreur cette maison vide, sans enfants, sans femme, sans avenir. Même lui, au fond, en est absent. La solitude est un vent intarissable, il en a la conviction. Il déambule d'une pièce à l'autre pour chasser l'épaisse mouvance qui grouille en lui, pour se donner l'illusion d'exister. Il pourrait se perdre tellement cette maison lui est devenue étrangère. La chambre de Yéri est restée telle qu'elle l'a quittée. Il lui suffirait de tendre l'oreille pour réentendre sa voix. Il remarque une tache sombre au sol, dans l'ombre du lit. C'est une petite amulette d'ivoire, sur laquelle est gravé le nom de Yéri et qu'il lui avait offerte. C'est si léger, un souvenir, ça n'a aucun poids au creux de soi, comme une empreinte invisible.

Charles V. ne pense à rien pendant un moment et puis se dirige à la cave. Il fouille au fond d'une armoire, à tâtons, éprouve à travers l'étoffe mince qui l'enveloppe le contact d'une forme un peu oubliée. Il emporte l'objet au salon. Il n'entend aucun bruit, sinon le chuintement grêle de sa respiration. Ce silence déchaîne en lui une angoisse aiguë.

Il fait glisser le revolver dans sa main droite. Il avait oublié l'étonnante douceur de la crosse du .357 Magnum, sa caresse ouatée sous les doigts. Deux cartouches ont été oubliées dans le barillet. D'un doigt, il actionne le cylindre rotatif, en écoute le tintement métallique. Il a mis fin au silence, d'un simple effleurement. Une vie peut-elle s'achever sous l'effet d'un seul frôlement ou faut-il qu'une force implacable intervienne? Il répondrait si les mots n'avaient pas déjà commencé à déserter son cerveau. Il répondrait si le visage d'Amadou n'avait déjà englouti chacune de ses pensées.

Le soleil fait briller l'acier poli du canon. Une simple pression sur la détente suffirait à tout aspirer, à réduire à néant cette maison plantée au milieu du vide. D'un simple déclic, échapper à tout, poser un blanc là où sa vie battait indécise, se courber en un éclair sous l'impact d'une balle qui fracasse les os, pulvérise l'âme, anéantit le tracé vulnérable d'une vie. Un geste minuscule, d'une légèreté presque enjôleuse, pour s'éjecter du monde dans un fracas brûlant.

L'arme repose dans sa main, docile et étincelante. Le canon s'approche de sa gorge, il sent le contact du métal froid contre sa peau. Le silence est revenu autour de lui, tel celui qui rôdait la nuit au-dessus des collines d'Aribinda, en s'attardant sous les étoiles. Mais que sont devenus les visages de l'Afrique, pour qui chantent maintenant les voix des Touaregs? Il entend à nouveau sa respiration, plus pesante cette fois et entrecoupée de frissons involontaires. Son doigt est appuyé contre la détente, si lisse, presque offerte, docile à toute injonction humaine. Tout doucement, il exerce une pression plus forte qui fait vibrer le ressort.

— *Pourquoi tu n'aimes pas l'Afrique?*

Il est las d'entendre cette question résonner dans sa tête. Longtemps, il imagina trouver en Afrique un passage vers autre chose que lui-même. Il s'y était égaré, comme partout où ses pas l'avaient mené jusqu'alors. Il s'était perdu dans les bras d'une fillette au moment de sa mort. Sur un chemin d'herbes fatiguées, il avait enfin croisé un vrai visage. Un visage un rien hanté par des visions forgées de promesses et de chagrins.

— *J'aime l'Afrique, vous n'avez rien compris. Simplement, j'aime une Afrique que vous n'imaginez pas.*

Le chien s'est armé à son insu, le ressort a de nouveau vibré, en une fraction de seconde la détente s'est relâchée, libérant le percuteur. Le déclic de la percussion a résonné comme une clochette fêlée dans le salon vide. Charles V. fixe la chambre vide du barillet qui vient de basculer en faisant glisser du même coup une cartouche dans l'axe du canon.

— *J'aime l'Afrique qui m'accompagne dans mes songes, un jour d'orage, quand j'ai le goût du monde.*

Sa main tremble un peu, serrée sur l'arme maintenant posée sur ses genoux. Il regarde avec frayeur cet objet capable de faire apparaître des abîmes. Il se calme, réprime une vertigineuse envie de hurler. Le ciel se voile soudain dans l'allée des saules. Il ne goûte pas le sel de ses larmes, de ses yeux coule sa noirceur, qui magiquement surgit du vide même.

— *J'aime l'Afrique, Yéri. Je suis un fou qui aime l'Afrique. En guise de salut, je l'aime et je m'en sépare à jamais.*

La mort, cette fois, passera par son propre cœur. Le canon dessine une onde blanchâtre sur sa poitrine, une onde éphémère, aussitôt effacée par le bruit assourdissant d'une explosion. Charles V. tombe au sol comme un pantin désarticulé, sa tête écrasée sur le tapis ressemble à un boulet hoquetant, nimbée d'un sang noir et bouillonnant. Un filet dégouline de son nez entre deux yeux aveugles, sous les gaz brûlants qui rasent le sol.

Un trou dans sa poitrine a commencé à aspirer le monde.